너를 만났다

너를 만났다

초판 1쇄 인쇄 2022년 10월 05일
초판 1쇄 발행 2022년 10월 15일

지은이 김종우, MBC 〈너를 만났다〉 제작진

펴낸이 우세웅
책임편집 김은지
기획편집 김휘연
콘텐츠기획·홍보 전다솔
북디자인 이선영

종이 페이퍼프라이스㈜
인쇄 동양인쇄주식회사

펴낸곳 슬로디미디어그룹
신고번호 제25100-2017-000035호
신고연월일 2017년 6월 13일
주소 서울특별시 마포구 월드컵북로 400, 상암동 서울산업진흥원(문화콘텐츠센터) 5층 22호
전화 02)493-7780
팩스 0303)3442-7780
전자우편 wsw2525@gmail.com(원고투고·사업제휴)
홈페이지 slodymedia.modoo.at
블로그 slodymedia.xyz
페이스북.인스타그램 slodymedia

ISBN 979-11-6785-088-1 (03810)

MBC 창사 60주년 VR 휴먼 다큐멘터리 대기획

너를
만났다

김종우, MBC 〈너를 만났다〉 제작진 지음

슬로디미디어

사랑하는 사람을 잃었을 때,
기술의 힘을 빌려 다시 만날 수 있을까?

밤새워 얻은 한 문장이었다. 2020년 2월, 〈너를 만났다〉 첫 방영을 앞두고 있었다. 처음 시도하는 프로그램이었고, 어떤 수식어도 없는 이 문장이 〈너를 만났다〉의 카피였다.

'가상 현실 속에서 하늘나라에 있는 가족을 다시 만나 본다'라는 생각을 실현하는 과정을 담은 이 시리즈가 대중에게 많은 사랑을 받았다. 부끄럽지만 이 방송을 만들기 전에는 잘 몰랐다. 얼마나 많은 사람이 세상에 없는 사랑하는 사람과 같이 살고 있는지. "어떤 미친 여자가 하늘에 손 흔들고 있으면 저예요!" 눈물이 가득한 눈으로 웃으면서 나연엄마가 말한다. 그런 대화를 날것으로 할 수 있는 게 이 직업의 특징이다. 다른 사람의 내면에 잠깐 허락받고 들어가 보는 것.

그러나 말 그대로, 얼마나 많은 사람이 맑은 하늘과 흐린 하늘을 향해 손 흔들고 있는지는 방송이 끝날 때까지도 잘 알지 못했다. "그냥, 생각나는 날이 있어요. 하늘이 맑은 날에는 너무 맑아서⋯ 흐린 날에는 흐려서⋯" 또 웃음.

방송 후 회사에서 10분짜리 분량의 하이라이트 영상을 유튜브에 올리자, 다양한 국적의 많은 분이 시청해주었다. 신기하기도 하고, 감동적이기도 한 것은 이따금 올라오는 영어, 일본어, 스페인어로 쓰인 긴 댓글들이었다. 사랑한다는 말을 더 하지 못해 후회한다는 글, 단 한 번이라도 볼 수 있으면 좋겠다는 글, 몇 월 며칠 사랑하는 이를 잃었다는 담담한 고백… 국적도, 피부색도 다른 사람들이 가상공간에서 가상의 아이를 만나며 허공에 손을 휘젓는 나연엄마를 보면서, 사랑하는 사람을 생각했다. 그 댓글들을 보고 있으니 마치 '사랑하는 사람을 잃는다는 것'에 대한 각자의 경험을 털어놓는 국제 AA 모임과 같이 느껴졌다. 수만 명의 사람이 빙 둘러앉아 한 사람씩 일어나 각자의 언어로 털어놓는, 수만 개의 이야기를 듣는 느낌. 부끄럽지만, 몰래 들어가서 그 댓글들을 읽으며 눈물 흘리기도 하고, 웃기도 했다. 그간 방송을 만들면서, 이 정도로 많은 사람과 연결된 느낌이 든 적이 없었다. 감사하다는 생각 그리고 우리 모두가 같은 운명이라는 생각을 한다.

〈너를 만났다〉에 대해 많은 분이 비평과 분석을 해주셨다. 아무도 넘지 않은 선을 넘어가 보았던, 결코 쉽지 않았던 과정을 생각해본다. 이제는 많은 시간이 지나 메타버스라는 단어도, 세상을 떠난 가수가 무대에 나오는 것도 흔해졌다. 메타버스 세계가 바로 코앞에 다가온 것 같기도 하다. 그러나 메타버스, NFT… 그 모든 새로운 기술을 아무리 열심히 들여다보아도 그게 어떤 느낌일지, 어떻게 다가올지 알 수가 없다.

생각해보면 VR이라는 것도 그랬다. 마치 모든 부분에 융합될 것처럼 기대했다가 실망하고, 다시 어떤 콘텐츠로 나와 기대했다가 실망하는 과성을 거쳤다. 사실 여타의 기술들처럼, 실감 콘텐츠 기술에서 중요한 것은 조금씩 축적되는 디테일인 것 같다. 이미 있는 기술을 방송과 결합하거나, 간단한 한 장면을 구현하기 위해 수없이 반복되는 실패에서도 겨우겨우 가능한 부분을 찾아 나가기 때문이다. 실제로 방송을 만든 우리는 그린 스튜디오의 초록색 배경에 조금 새로운 감성을 부여했다며 기뻐했다. VR의 활용 사례를 생각해 내고 단순하게 새로운 감성을 적용해 본 거라고 말할 수 있을까? 그러나 여기에는 기술적인 것 이상의 어려움이 꽤 많았다. 그리고 이상하게도 새로운 기술을 실제로 적용하기 위해 고민하고 생각하면 할수록, 시간에 대해 그리고 삶에 대해 떠올리는 근원적인 질문과 자꾸 마주하게 되었다.

가상 현실이라는 단어 자체에 답이 있을지 모르겠다. 새로운 기술은 '가상'에 집중하게 만든다. VFX 기술이 유려해지고 빨라지고 있으므로 더 높은 해상도와 생생함을 추구하고, 성공하고, 사람들은 놀라워한다. 그러나 '현실'은 어렵다. 가상 현실을 만들기 위해서는 필연적으로 '현실이란 무엇인가'를 알아야 한다. 우리가 당연하게 숨 쉬고 살아가는 이 세상, 일정한 중력이 작용하고 아침과 밤이 오는 이 세상에 대해 알아야 한다. 이 복잡함을 과연 메타버스로 구현할 수 있을까? 쉽지는 않을 것 같다. 다만, 우리의 현실이 무엇으로 이루어져 있는지를 골똘히 고민한다면 메타버스에서 무엇을 구현할 수 있을지 상상할 수 있을 것이다.

처음 〈너를 만났다〉를 기획할 때는 막연했다. 모든 것이 불확실했다. 방송을 위해 여기저기 연락하며, 한편으로는 VR이라는 기술이 무엇인지 깊이 알기 위해 노력했다. 그러다 보면 또 '삶은 무엇인가'라는 고민에 빠졌다. 일하기가 싫어져 멍하니 있기도 했다. 해가 질 때, 흡연 구역에서 상암동 광장을 내려다보았다. 사람들이 지나다니는 모습을 보며 어린아이처럼 공상에 빠졌다. 갑자기 시간이 멈추고, 너랑 나만 그 시간 속에서 움직이는 그런 상상을 했다.

이런 과정을 공유한다면 뭔가를 얻을 수 있지 않을까? VR 전문가가 아닌, 방송 PD가 신기술을 접하고 그것으로 어떤 느낌을 줄 수 있을지 고민했던 그 과정이, 메타버스에 관심이 있거나, 다큐멘터리에 관심이 있거나 혹은 그냥 삶에 관심이 있는 사람들에게 영감을 줄 수 있지 않을까. 그런 생각으로 찬찬히 되돌아본다.

김종우

01   기획 。

2019년에 새 프로그램을 론칭하고 지친 상태로 바로 다큐멘터리를 준비했다. 다들 그렇듯 '세상에 없는 뭔가'를 만들고 싶었다. SNS에서 한창 유행하는 '옛날 사진 다시 찍기 챌린지'를 방송과 결합할 수 있을까를 고민했다. 옛날 집에 코 흘리는 꼬마들과 젊은 부모님이 있다. 20년이 지나 아이들은 수염이 덥수룩한 아재들이 되었고, 부모님은 노인이 되었다. 아이도 부모도 모두 시간의 흐름 속에 있다. 그러나 희한하게도, 사랑하는 가족들의 감정만큼은 아무렇지도 않게, 그곳에 그대로 있다.

우리는 사랑하는 가족과 함께 찍은 옛날 사진을 보고 무엇을 느낄

까? 이 챌린지가 왜 사람에 대해 생각하게 만드는 걸까? 이 아이디어로 방송을 만들지는 못했지만, 그때 나는 그 정서에 사로잡혀 있었다.

20년이나 30년이라는 세월을 압축해서 건너뛰어 보면 결국 알게 될 것이다. 우주의 시간에 비하면 우리가 사는 시간은 찰나의 순간이다. 그리고 우리가 사랑하는 사람들은 그 찰나의 순간에 우연히 만난 유일한 친구들이다. 시간을 아주 큰 틀로 보면 우리는 우연히 태어나고, 만나고, 즐거운 시간을 보내고, 헤어진다.

VR 기술을 어떻게 결합할 생각을 했냐는 질문을 많이 받았다. 그때마다 다른 대답을 한 것 같은데, 사실 기억이 잘 나지 않는다. 다만 '어떤 공간 안에서 헤어진 가족을 다시 만난다면?'이라는 기획안을 쓰긴 했다. 자신은 별로 없었다. 기획을 꺼내면 접어야 할 이유가 할 이유보다 많은 법이다. 가장 구체적인 부정적 반응은 "HMD를 쓰고 있으면 표정이 안 보이는데 감정이 전달되겠냐?"라는 반응이었다. 맞는 말이라 뭐라하기도 어려웠다. 이런 말들을 들으면 "아무래도 그렇지?"하고 접을 생각부터 하게 된다.

같이 이런저런 기획안을 고민하던 후배와 오리고기에 소주를 마셨다. 기획을 꺼내놓으니 "형이 쓴 기획안 중에 이게 제일 낫다"라고 말한다. 이번에는 같이 일한 작가에게 기획을 말해보았다. "신박한데?"라는 반응이다. '이게 제일 낫다'와 '신박하다' 정도의 반응이면 PD는 어떻게든 앞으로 나아갈 수 있다. 정식으로 다큐멘터리 기획안을 제출하자, 팀장이 어떻게든 돈을 마련하겠다고 한다. 이제 돌이킬 수 없다.

그로부터 1년 후, 코로나가 막 유행하던 2020년 1월에 〈너를 만났다

〉의 기자간담회를 열었다. 홍보 자료에 VR과 휴먼 스토리의 결합이라고 해서인지 많은 기자가 와주었다. 프로그램을 소개하는데 긴장해서 적어 온 말들을 빠르고 어색하게 읽어 나갔다. "… 프로그램을 기획하면서 삶에 대해 많은 생각을 했다. 삶이란 너랑 했던 일들의 기억이라는 결론에 이르렀다…" 삶은 너랑 했던 일들의 기억. 그런 당연한 결론에 도달하는 과정은 힘들고 즐거웠다.

영화 〈인터스텔라〉의 주요 모티브도 결국 '시간'이다. 같은 세상에서 아이를 사랑하며 살던 아빠가 임무를 수행하다가 블랙홀과 웜홀을 통과해 결국 아이와 다른 시간 속에 빠진다는 내용이다. 과학적으로 가능한 일인지는 모르겠지만, 아빠는 책장 너머로 아이가 사는 모습을 본다. 아무리 크게 이름을 외쳐도 아이는 돌아보지 못한다. 이 영화에서 가장 애틋한 장면이다. 무언가를 개념화하지 않더라도, 문학과 영화 등을 통해 비슷한 감성을 느끼는 훈련은 도움이 된다.

가장 아픈 이야기는 아무리 원해도 이룰 수 없는 것에 관한 이야기일 것이다. 멀리 갈 것도 없이 고등학교 국어 시간에 배우는 박목월 시인의 '하관'이라는 시가 있다. 저자가 아우를 잃고 쓴 시다. '다만 이곳은 열매가 떨어지면 툭 하는 소리가 들리는 세상'이라는 구절. 여기는 열매가 떨어지면 툭 소리가 나지만 저곳은 소리가 들리지 않으며, 두 세계는 절대 넘어갈 수 없다. 그리고 이쪽 세계에는 저쪽 세계에 있는 사람을 끝없이 그리워하는 사람이 있다. 이런 모티브는 대자본을 들인 할리우드 대작이나 픽사의 영화에서도 반복된다. 데미 무어가 제일 예뻤던 때의 영화 〈사랑과 영혼〉에서는 동전 하나로 그 경계를 넘어가 본다. 이런 모티브가 반복되는 이유는 결국, 인간 공통의 운명을 느끼게 해주기 때문이라고 생각한다. 같은 운명임을 느끼게 하는 이야기에 많은 사람이 위로받는 것 같다. 가상 현실을 통해서 아주 잠깐, 그 경계를 넘어가 보는 그런 느낌은 이런 사실에서 착안했다.

프로그램을 고민하면서, 주말에 아이들과 강남역의 VR 체험장에 갔다. 아이들은 신나 하고, 아내는 웬일로 독박육아를 자처하냐며 기뻐했다. 아이들과 마음껏 VR을 즐겼다. 어느 정도 걸어 다니면서 사격을 할수 있는 슈팅 게임이 인상적이었다. 그리고 아직은 VR 체험이 즉각적인 경험에 머물러 있다는 걸 확인했다. 예능 프로그램에 많이 나왔던 고소공포증을 느낄 만한 높이에서 외나무다리를 건너는 체험도 있었다. '여전히 인기가 있어서 체험장 한구석을 차지하고 있는 거겠지. 걷는다는 건 중요하구나'라고 생각했다. 가상공간 안에서도 직접 '닿는' 물리적 느낌은 실재감을 증폭시킨다. 남발하면 안 되겠지만, 한 발짝이라도 걷는 경험은 그 세상 안에 내가 있다는 위치 감각과 자유 의지를 갖고 탐색하는 기분을 준다.

책상에 앉아 고민만 하고 있냐는 사람이 많아서 차라리 나가는 게 나았다. 혼자 논현동의 VR 전시회에 가서 새로운 VR 체험물을 탐색했다. VR 체험물은 360도 카메라를 이용해 찍은 실사 작품과 VFX를 사용한 작품으로 나뉘었다. 그중 명상과 관련한 작품을 눈여겨보았는데, 해상도가 많이 떨어져서 머리가 아팠지만(해상도가 떨어지는 화면을 둘러보면 뇌가 멀미하게 된다), CG로 구현된 숲에 사슴이 뛰어다니고 어느 정도 걸어 다니면서 체험할 수 있는 요소들은 그런대로 다른 세상에 온 듯한 감각을 주었다.

체험하는 사람들도 눈에 들어왔는데, 특히 머리가 희끗희끗한 할머니가 VR을 체험하는 모습은 무척 인상적이었다. 아마도 처음일듯한, 어두운 가상 세계 안으로 발을 디디는 듯한 조심스러운 표정과 뭐가 나타날지 몰라 두렵지만 기대하는 몸짓을 보면서 툭 뭔가 다른 느낌이 들어왔다. 깜짝 놀라거나 '오~' 작은 감탄이 나오는 만족감 같은. 그간 VR 체험이 쌓아온 이미지와 다른 무언가였다.

'다른 세상'으로 들어갈 때의 느낌. 경건하기까지 한 이런 톤은 우리가 〈너를 만났다〉를 제작하는 과정 전체를 거친 기본적인 태도가 되었다.

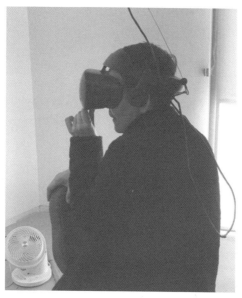

가상 현실 속으로 들어갈 때, 재미와 놀라움 외에 다른 감정이 있을 수 있다는 것을 관찰했다.

현재 VR 체험물은 게임 분야를 넘어서 영화와 체험의 경계에 있는 작품으로도 나오고 있다. 조명을 어둡게 해 마음의 준비를 할 수 있게, 마치 영화관에 입장할 때와 같은 연출을 통해 체험자가 새로운 세상에서 삶에 대한 또 하나의 느낌을 받을 수 있도록 하는 것이다. 그렇다면 자신의 기억 속으로 걸어 들어가는 한 사람을 위해서라면 제작진은 무엇을 준비해 맞이할 것인가? 그리고 그 사람은 어떤 마음으로 HMD를 쓰고 그 세계에서 움직일 것인가? 정해진 것도, 누군가가 써놓은 것도 없었다. 그러나 VR 분야에도 개척자는 있다. VR 스토리텔러들이다. 이 창작자들은 VR의 특징을 이용해 조금씩 디테일한 노하우를 쌓으며 시장을 일구어 나가고 있었다.

프로그램을 준비하면서 가장 의미 있는 느낌을 받은 작품은 채수응 감독의 16분짜리 애니메이션 〈버디 VR〉이다. 베니스 국제 영화제에서 최우수 VR 경험상을 받은 작품인데, 국제상을 받았는데도 상영하는 곳이 없어 직접 제작사로 찾아가 사무실 한쪽에서 어렵게 체험했다. 내용은 특별할 게 없다. 버디라는 생쥐를 만나서 시간을 보내고, 버디를 잡으러 온 사람을 피해서 같이 도망 다니는 내용이다.

창밖에 석양이 지고, 부엌에 내가 있다. 발밑을 보면 생쥐가 내 눈을 쳐다보고 있다. 생쥐가 조심스럽게 다가와서는 눈을 맞추고 표정으로 인사를 건넨다. 생쥐는 펜을 가져와 이름을 써 달라고도 하고, 같이 장난감 드럼을 두드리게도 하고, 공을 주고받게도 한다. 아주 간단한 게임 같았지만, 그 10분 남짓한 체험 후 버디가 친구처럼 느껴졌다. 확실한 '친밀감'을 느꼈다. 하루라는 시간 속에서 우리는 누구와 눈을 맞추고 친구가 될까? 아주 짧게라도 공을 주고받거나, 같이 장난감을 만지는 친구가 있을까? 아이를 키워보면 안다. 아이들은 항상 눈을 맞추고, 손을 잡고, 같이 놀아달라고 한다. 놀아주지 않으면 토라지고, 손을 뻗으면 도망가거나 껴안는다.

VR의 가장 큰 특징은 무엇일까? 일단 머리에 뭔가를 쓴다. 그러면 눈앞에 공간이 펼쳐진다. 그곳에서 나는 가만히 있을 수도 있고, 몸을 조금씩 움직일 수도 있다. 그 세계는 현실 세계와 다르지만, 현실 세계와 동일한 '살아 보는' 느낌이 온다. 어떤 사람은 5분짜리가 될 수도, 어떤 사람은 20분짜리가 될 수도 있다. 그게 모두에게 같은 순서와 분량으로 편집된 시간을 보여주는 영화와 다른 것이고, 현실을 모방할 가능성이다. 생쥐와 시간을 보내고 나서는 개인적으로 아는 누군가와 놀다가 깨어난 기분이었다.

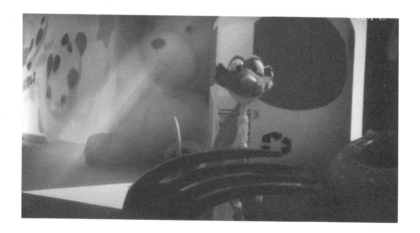

우리의 삶을 단순화한다면 '지구라는 공간에서 모두에게 똑같이 흐르는 시간에 나의 자유 의지로 움직이는 것'이라고 말할 수 있겠다. 그러나 그 시간을 혼자 보내지는 않는다. 누군가와 같이 보내는 시간을 쌓고 기억을 만든다. 아주 개별적인, 너와 내가 공유하고 있는 기억. 우리는 사랑하는 사람만의 표정, 반응, 몸짓, 웃음을 기억하고, 그와 주고받은 순간들을 특별하게 여긴다. 아홉 살 난 딸아이는 어제 재미있게 한 놀이를 꼭 다시 하자고 한다. 둘만 알고 기억하는 약속된 순서와 게임들이 있다. 우리의 공간 속에서 너와 상호 작용하는 나. 게임 캐릭터처럼 모두를 위한 것이 아닌, 나만 알고 있는 모습으로 움직이고 웃어주는 너와 함께 시간을 보낼 수 있다면. 그것은 정말로 새로운 기억이, 가상이지만 삶이 될 수 있지 않을까?

〈버디 VR〉을 보고 돌아오던 날을 기억한다. 멀고 낯선 동네에 가서 난데없는 부탁을 하고, 체험을 하고, 제작에 관련한 이야기를 들었다. 작품을 체험한 뒤 나와서 천천히 걸었다. 생쥐의 표정, 부엌에 가만히 들어온 햇볕을 계속 생각했다. 된 게 아무것도 없는데 뭔가 될 것 같은 느낌이 들었다. 〈너를 만났다〉 시즌2를 제작할 때는 채수응 감독에게 직접 줌으로 강의를 듣기도 했다. 〈너를 만났다〉에는 많은 디테일이 필요했다. 그리고 나는 이런 디테일을, 감수성을 통해 방법을 하나하나 찾아가는 사람들의 도움을 받아야 했다. 그렇게 크고 작은 VR 스토리텔링 노하우를 쌓아갔다.

기획안의 제목을 'VR 휴먼 다큐멘터리'로 정했다. VR과 휴먼의 결합은 처음부터 세워놓았다. 사실 교양국 PD가 원래 하는 일이 사람의 이야기를 찍는 일이다. 그러나 나는 본격적으로 '휴먼 다큐멘터리'라는 것을 해본 적이 없었다. 게다가 해외 다큐멘터리를 보면, 한 사람의 이야기를 담았더라도 그 한 사람은 강렬하게 무언가를 추구했다거나, 강한 매력을 지닌 사람이지 평범한 사람이 아니었다. 평범한 사람의 사연만으로 만드는 장르는 없다.

5월에 많은 시청자를 울렸던 〈휴먼다큐 사랑〉을 보며 '눈물의 힘은 세지만, 한 사람의 죽음으로 쭉 밀고 나가는 건 너무 단순하지 않나'라는 생각을 했었다. 그렇게 찍을 자신도 없었다. 그런데 이 '신파'라고 생각한 촬영을 해야 하니 고민이 시작되었다. 한 사람의 이야기를 해야 하는 이유가 무엇인가, VR을 적용하는 실험이 아니라 도구로서의 VR을 찾은 이유는 무엇인가. 〈휴먼다큐 사랑〉은 가장 아픈 헤어짐을 담은 프로그램이다. 아이를 남기고 떠나야 함을 알고 애써 아이에게 웃어 보이는 아빠를 보았다. 쳐다보기만 해도 눈물이 날 것 같았다. 아이에게 기억을 남겨 주고 싶어 시작한 촬영에서 있는 힘을 다해 웃음을 남기는 한 사람. 결국, 우리는 죽음이라는 공통의 운명 앞에 놓인 사람을 통해 말로 표현할 수 없는 삶을 이야기한다. 평소에는 모른다. 언젠가 헤어질 수 있다는 것을. 그래서 〈휴먼다큐 사랑〉의 핵심은 죽음이 아니라, 죽음 직전에 놓인 한 인간의 받아들임, 이해, 사랑이다. 그리고 이 프로그램은 이별의 순간에 끝난다.

〈너를 만났다〉는 조금 다르다. 죽음 그 이후부터 시작하는 이야기다. 준비되지 않은 이별을 겪고 어떻게 해야 할지 모르는 인간의 모습을 담아야 했다. 미처 하지 못한 말을 하기 위해 직접 그 기억 속으로 뛰어드는 한 사람의 이야기이다. 그 말을 들을 사람이 이 세상에 없음에도 불구하고 말이다. VR로 한 사람이 자신의 기억 속으로 들어가는 상황을 만들어 내는 것이 과연 가능한가?

02   재미있을 것
같은데요 。

어떤 가족을 만날 수 있을지 수소문하면서, 한편으로는 이 과정을 가능하게 할 협력사를 찾아야 했다. CG로 가상 현실을 만드는 것은 TV 화면을 후보정하는 것과 완전히 다르다. 가상의 3D 세상을 만드는 도구로는 유니티와 언리얼이라는 게임 엔진이 양대 산맥이다. 배경, 오브제, 캐릭터, 움직임, 그림자… 다 이해할 수는 없지만, 이 게임 엔진은 가상 현실 속의 물리적 법칙을 다룰 수 있다. 이를테면, 시간이 흐르고 해가 지는 것, 그림자의 방향, 소리가 들려오는 곳 등.

이런 게임 엔진을 다루는 곳은 주로 게임업체와 VFX 업체다. 나는 D사를 비롯해 업계에서 실력 있다고 소문난 몇몇 곳에 메일을 보냈다. 일방적인 발주사가 될 수는 없었다. VFX를 만드는 업체에서도 관심을 보이려면 협력한 결과물도 매력 있어 보여야 했다. 몇 번의 거절 끝에 V 사에서 미팅을 제안받았다. 기획안 몇 부를 출력해 반신반의하는 업체의 임직원들을 만났다. 전체적인 그림을 분명하게 설명할 수는 없었지만, 마음속에 있는 한 장면에 대해 열심히 설명했다. 다른 세계에 있는 두 존재가 어느 지점에서 서로 손을 맞대는 장면이었다. 모두 고개를 갸웃했는데, 이현석 감독이 그래도 할 만한 것 같다며 기획안을 눈여겨보았다. "이런 걸 한 번쯤 해보고 싶었다"라고 했다. 그렇게 이현석 감독은 이 프로젝트의 크리에

이터 부분 담당자가 되었다. VR 영화를 직접 연출하기도 해서 VR 기술에 대한 이해뿐 아니라 스토리텔링도 가능한 연출자였다.

말이 통하는 걸 확인한 뒤 혼자서 설렁탕을 먹었다. 어쩌면 지금 이 순간이 가장 행복한 단계가 아닐까. 이제 진짜로 시작인가 싶어 가슴이 두근거렸다. 생각 하나가 현실화되려는 느낌. 처음 만난 사람들과 기획을 이야기하고, 의견을 나누고, 아이디어를 현실로 만들 가능성을 확인하는 것은 가슴 뛰는 일이다. 생각해보면, 사람들을 만나 아이디어를 바깥으로 확장하는 것이 필수인데도 나는 그간 너무 방송국에만 있었다. 앞으로 모든 방송 PD는 스타트업 창업자들처럼 행동해야 할 것 같다.

왜 처음에는 그림이 보이지 않고 두려웠을까? 발명이란 그런 것이다. 지나고 나면 어떤 경계를 넘어가 보는 시도가 쉽고 당연해 보이지만, 처음에는 막막할 수밖에 없다.

방송이 나간 후 많은 사람이 놀라워했지만, 정작 방송국 내의 교양국 PD들은 심드렁했다. '별거 아닌 걸 뭐 이렇게 어렵게 했어?'라는 듯, 약점을 지적하는 사람이 많았다. 호기심이 없다는 건 안타까운 일이다. 상상하고 시도해볼 수 있는 일이 아주 많기 때문이다. 바깥세상은 작은 가능성에도 계속 시도하고, 실패하고, 넘어서기도 하는데… 긍정하고 가능성을 보는 것 그리고 놀라워하는 것. 어쩌면 순수하게 재미를 느끼는 능력이 필요한 게 아닐까? 사실 무언가에 놀라워하고 재미를 느끼는 사람은 흔치 않다. 업체와의 회의에서도 '이게 가능할까?'라는 의심에 침묵이 흘렀다. 분위기가 순식간에 달라진 건 이현석 감독의 "전 재미있을 것 같은데요?"라는 말 때문이었다. '이게 제일 낫다, 신박하다'에 이어 힘이 되는 한마디였다.

무언가를 생각해 내고, 그 생각을 현실화하는 일은 쉽지 않다. 지금까지 해온 실패를 생각하면 더 그렇다. 김태호, 나영석 PD 정도가 8할을 친다면, 대부분 PD는 1할에서 3할 사이에 머문다. 그렇다면 되든 안 되든 웃으면서 서로 가장 나은 것을 꺼내고, 웬만하면 호들갑을 떨면서 "어떻게 그런 생각을!"이라고 하는 게 낫지 않을까.

PD로 사는 게 점점 어려워지는 시대다. 10년 이상 일하며 쌓은 노하우가 소용없다는, 변화가 필요하다는 생각을 많이 한다. 스마트폰과 카카오톡이 나온 게 2008년쯤이라는 게 믿어지지 않는다. 그때 나는 이미 7년 차 PD였다. 테크놀로지라는 단어를 뭔가 어렵고 SF적인 것으로 느끼며, 우리의 삶과 결합한 약간 소프트한 느낌의 테크놀로지는 생각하지도 못했다. 방송은 서서히 기울어갔다. 네이버와 카카오같이 개발자를 보유하고 삶의 영역을 바꾸는 빅테크 기업을 방송사와 비교하는 것은 괴로운 일이 되었다.

그래도 〈너를 만났다〉를 만들며 외부의 기운을 느낄 수 있었다. 계속 업데이트되는 신기술을 받아들이고, 될 만한 아이템을 찾는 일은 다이내믹했다. V 사와 최종 계약했다. 방송이 나간 뒤에는 둘 다 웃을 수 있었지만, 지금 생각하면 미안한 금액이고, 무모한 도전이었다. 의기투합했던 나날을 생각하면 웃음이 난다. 마감 기한이 꽤 촉박하고, 완성도보다는 어떻게든 해내는 것을 추구하는 방송 일이 업체에도 색다른 경험이었으리라 믿는다. 또한, VR 업계에 게임 엔진이 높은 수준으로 발전하는 와중에 콘텐츠 한 방이 부족했던 것이 행운이었다. 그들에게도 뭔가 화제가 될 만한 콘텐츠가 필요했다.

되도록 많은 VR 필름에 노출되어야 VR 매체의 특성을 알 수 있을 것 같아, 이현석 감독과 부천영화제의 VR 섹션을 찾았다. 그리고 좋은 작품이든, 그렇지 않은 작품이든 꼭 하나씩 깨닫게 되는 것이 있었다. 예를 들어, 몇만 장의 사진으로 집의 내부를 3D로 만든 시리아 폭격에 관한 저널리즘 작품은 진짜처럼 거칠고 진실한 느낌이 들었다. 그리고 삐걱거리는 나무 바닥을 재현하기 위해 체험장의 바닥을 진짜 나무로 제작한 것이 실재감을 높였다. 시각의 스케일을 크고 작게 변화시킨 작품도 있었다. 눈앞에서 사람을 만났다가 지구를 내려다보기도 하는 효과가 인상적이었다. 모두 새로운 매체를 다루면서 각자의 방식으로 한 걸음씩 나아가고 있다는 생각, 기술의 발전을 시험하기 위해서가 아니라 하고 싶은 이야기를 효과적으로 전달하기 위한 시도라는 생각이 들었다. 작품을 보고, 이현석 감독과 각자 좋았던 걸 말하며 맥주와 의견을 나누었다. PD는 심하게 불안해하고 오히려 VR 제작 팀원들이 다 잘될 거라며 웃었다.

영화를 만드는 것과 같은 과정이었다. 결국, '이 프로젝트는 무엇인가?'라고 자문했을 때 말이 되는 이야기를 할 수 있어야 한다. 겉멋 든 걸로 느껴지더라도 정확한 언어로 표현할 수 있어야 한다. 자신을 납득시킬 수 있는 말이어야 남을 설득할 수 있다. 그리고 나서야 실제로 필요한 프로세스로 넘어갈 수 있다. 이 프로젝트는 '기억'에 대한 이야기라고 생각하게 되었다.

03   # 나연이 가족과의
만남 。

    늦봄과 초여름 사이였다. 기술적인 부분에 대한 회의를 계속 하면서 가장 중요한 일을 병행했다. 하늘에 있는 가족을 다시 만나고 싶은 누군가를 찾는 일이다.

    어떤 가족을 초대해야 할까? 처음에는 사별자 모임에 접촉했다. 그러나 아픔에 관한 이야기를 하고 싶어 하는 분이 없었고, 나도 VR을 적용한 실험을 위해 모집한다는 느낌이 싫었다. 그냥 운명처럼 어떤 아름다운 가족을 만나고, 조심스럽게 그 이야기를 담고, 가상 세계에 초대하고 싶었다. 어디에 손을 뻗어야 만날 수 있을까? 기준이 있는 건 아니었지만, 억지스럽지 않고, 느낌이 와야 했으며, 이 이상해 보이는 프로젝트에 의지가 있는 분이어야 했다. 한두 달이 지나 날이 따뜻해지자 초조해졌다. 괴로워서 점심을 거르고 차 안에 가만히 앉아 스마트폰을 뒤적거렸다. 프로그램을 론칭할 때마다 그렇듯, 잠을 못 자서 짜증도 났다.

    취재작가도 출연자를 찾지 못해 거의 병들어가고 있었다. 그래도 다행인 것은, 이 프로젝트가 소문이 나며 다른 팀 작가들이 이런저런 출연자와 사연을 소개해준 것이다. 블로그에 자신의 이야기를 담담하게 말하는 네 아이의 엄마였다. 그렇게 나연이의 어머니 장지성 씨를 5월에 노원구의 한 카페에서 만났다. 잠깐 '무슨 이야기를 할까? 카메라를 가지고 갈까?' 같은

너를 만났다

생각을 하다가, 그냥 갔다. 아이를 잃은 이야기를 들었다. 일곱 살 난 아이가 3년 전 어느 날, 갑자기 열이 오르고 기침을 하더니 세상을 떠났다고 했다. 혈구탐식성 림프조직구증이었다.

사실 이 일을 하면 누군가를 잃은 사람을 너무 많이 만난다. 그래서 이런저런 사연에 둔감해지고, 다른 사람의 불행을 보고 아이템이 될까 안될까를 고민하는 자신의 모습에 놀라게 된다. 그런데 그날은 그냥 들었다. 너무 맑은 날에, 나연엄마가 눈물을 흘리면서 인생이 실패로 느껴진다고 했다. 아이를 잃으면 엄마는 그냥 슬프기만 한 게 아니었다. 사람들에게 손가락질 받고, 자기 자신을 손가락질하는 인간이 된다. 이상하게 화가 났다. 나라면 어떨까. 아이를 지키지 못했을 때, 나라면 누구를 손가락질할까.

나와 비슷한 연배인 나연엄마는 90년대 개그감을 갖고 있어서 대화하며 자주 웃었다. 그런데 왜 나연엄마는 아이를 잃고 3년 동안, 그렇게 아픈

나연엄마 장지성 씨는 아침마다 막내의 심장 소리를 듣는다고 했다.
나연이는 심장이 뛰지 않았으니까.

기억을 기록하고 있었을까. 나연엄마는 농담처럼, 이제 갱년기가 오는 것 같다며 기억이 잘 나지 않는다고 했다. 남은 세 아이를 키우다 보면 너무 바쁘니까. 아이들은 쑥쑥 크고 기억은 뒤로 휙휙 지나가는데, 불쑥 찾아오는 기억과 기억하려고 해도 희미해지는 기억 사이에 나연엄마가 있었다. 울어야 할지 말아야 할지 알 수 없는 아이처럼 어쩔 줄 모르는 어른의 표정을 본 적이 있는가? 나에게 일어난 일을 어떻게 해야 할지 모르는 표정.

나연엄마는 MBC에서 왜 평범한 우리 가족의 이야기를 담으려고 할까 싶었다고 했다. "VR로 아이를 다시 만나본다면 어떨 것 같으세요?"라고 물었다. 그냥, 다시 만난다면, 한 번만 다시 만나본다면… 나중에 들었는데, 사실 나연엄마는 VR로 무엇을 한다는 건지 정확히 알지 못했다고 했다. 나연이 일이니까 그냥 한다고 했단다. 이러지도 저러지도 못하는 정신으로 3년을 보내니 삼년상이라는 말이 왜 있는지 알겠다며, 마침 뭔가를 하고 싶었다고 했다. 그게 소위 '보내주는' 것인지, 참아온 말을 토해 내는 것인지는 알 수 없었다.

그날 긴 대화를 하고 돌아오면서, 손에 잡힐 듯하게 아이를 기억하는 엄마의 눈빛과 "내가 기억해주지 않으면, 이 아이는 세상에 없던 아이가 되는 거잖아요"라는 말이 머릿속을 떠나지 않았다. 그게 말이 되느냐, 억울하다는 말. 마치 누군가에게 따지는 것 같은.

기억해주지 않으면 사라진다는 세계관은 픽사가 애니메이션 〈코코〉를 통해 대중적으로 풀어낸 적이 있다. 〈코코〉는 '죽은 자들의 날'이 있는 멕시코의 독특한 전통과 함께 죽음을 유쾌하고 애틋하게 섞어서 표현한 영화다. 그 영화에서는 이승에 기억해주는 사람이 단 한 사람도 없을 때, 저승의 영혼이 사라진다. 우리는 이 프로젝트에서 '한 사람에 관한 기억'을 디테일하게 풀어내지 못하면, 게임 엔진으로 표현된 캐릭터가 매우 민망해질 수 있다는 실재적 위험에 마주했다. 자칫하면 게임 속의 NPC처럼 표현되어, 체험하는 사람과 지켜보는 시청자 모두를 맥 풀리게 할 수 있었다.

모든 연출팀과 VR 제작진이 모여 긴 회의를 했다. '눈에 넣어도 안 아픈, 예쁜 아이였어요'는 안 되었다. 웃을 때 입꼬리가 어떻게 올라가는지, 토라질 때 어느 쪽으로 고개를 돌리고 어떻게 찡그리는지, 어떻게 걷는지, 생각할 때는 어떤 표정인지를 표현할 수 있어야 했다. 한 사람을 구성하는 외적인 요소를 완벽하게 재현하는 건 물론이고, 개성까지 구현해야 했다. 그리고 평소에 좋아하는 색, 장난감, 음식, 뻥 터지는 상황, 둘이 기억하는 장소와 그곳에서 할 만한 일, 그때 꺾었던 꽃… 버츄얼 휴먼일지라도, 그 행동은 오랜 기억을 바탕으로 그럴 법한 원칙을 가지고 움직여야 했다. 그래서 '한 사람을 기억하는 것'은 우리에게 의미가 아니라, 프로그램의 정체성이자 실수하면 안 되는 목표가 되었다. 촬영과 VR 제작을 동시에 시작했다.

04

가족
촬영 。

 엄마, 아빠, 오빠, 언니, 나연이, 여동생이 한 가족이었다. 셋째 인 나연이가 빠지고 세 아이가 남았다.

 가족 촬영은 항상 민망하다. 대본이 있고 텐션을 끌어올리는 등의 예 능 촬영과는 다르다. 시간이 느리게 흐르고, 별일이 벌어지지 않는다. 그러 다 보면 출연자도 뭘 해야 할지 몰라 그냥 서 있게 된다. 효율이 정말 낮 은 촬영이다. 아마 다큐멘터리는 방송에서 사라질 것이다. 사람의 이야기 를 보려는 사람도, 하려는 사람도 없기 때문이다. 가끔 범죄물과 셀럽의 이야기가 넘치는 넷플릭스 등을 보면 다큐멘터리의 정의 자체가 달라진 것 같기도 하다. 긴 시간 PD를 투입하는 것도 이젠 뒤통수가 따갑다. 결국, 방송은 드라마와 예능만이 살아남을 것 같다. 그냥 '직업을 잘못 선택한 걸까' 고민하며 하루하루 열심히 찍다 보니 이렇게 되었다. 우물쭈물하다 가 내 이럴 줄 알았… 그냥 그런 것이다.

 그래도 〈인간극장〉 같은 프로그램이 꿋꿋하게 살아남은 걸 보면 신기 하다. 그냥 죽을 수는 없다. 고레에다 히로카즈의 영화가 떠올랐다. 아무 렇지도 않은 일상, 초여름의 공기, 하얀 벽들, 아이를 키우는 동네의 소음, 뛰어다니는 아이들의 땀 냄새 그리고 영화에서처럼 눌러놓은 하나의 기 억… 잃어버린 아이가 함께하는 가족의 일상은 필름의 질감 속에 들어와 있는 느낌을 주었다.

가족은 우리가 방문할 때마다 약간 불편해하고, 약간 반겨주었다. 나연 아빠는 한눈에 봐도 나연이를 잃고 나서 화가 나 있었다. 그때의 이야기도 잘 하지 않았다. 드러내지 않은 채 그냥 툴툴대기도 하고, 촬영은 허락하나 인터뷰는 하고 싶지 않다고 했다. 촬영을 허락한 이유는 촬영팀이 오는 날에는 집 안 청소가 싹 되어 있기 때문이라며 나쁠 거 없다고 했다. "쟤(아내)는 관종이니까, 뭐…"라고 하며, 아이를 잃은 보통 가족의 이야기를 왜 찍느냐고 물었다. 툴툴대는 나연아빠의 속마음은 어땠을까. 그렇게 긴 시간 왔다갔다 마주치며 나연아빠와는 억지로 딱 한 번 인터뷰했다. 그것도 촬영을 시작한 지 몇 달 뒤였다. 비가 엄청나게 오는 날 밤, 일하는 사무실에서. 그러고 나서 같이 소주를 마셨다. 나연엄마와의 인터뷰와는 많이 달랐던 거로 기억한다. 물어보는 사람도, 답하는 사람도 횡설수설했다. 둘 다 중년의 남자들. 보고 싶다거나 사랑한다는 정확한 표현을 잘하지 못하는 사람들의 대화여서일까. 나연아빠는 사랑을 표현할 시간이 너무 짧았다고, 너무 예뻤는데 많이 표현해주지 못했다고, 마침 일도 너무 바빴다고 했다.

지인 결혼식 때, 나연이 데리고 갔었던 게 우리 둘만의 첫 데이트이자 마지막인 거예요. 삼청동에서 한옥 같은 데를 빌려서 결혼식을 했어요. 오전, 오후로… 그래서 삼청동에 맛있는 데 가서, 나연이 좋다는 데 가서 같이 밥 먹고, 집에서 빨리 와달라 그래서 짧게나마 그 시간 보냈던 게 제일 기억에 남아요. 같이 둘이 있었던 거, 사진 찍고.

PD: 데이트?

네. 그때 걔한테 제일 표현을 많이 했던 것 같아요. 아무도 없으니까... 너를 제일 사랑한다. 이렇게.

PD: 뭐라고 했어요?

사랑한다고요. 사랑한다고. (그리고 침묵)

생각은 많이 나는데 뚜렷하진 않아요. 생각은 많이 나요. 제가 운전할 때 습관이 오른손을 허벅지 밑으로 끼는 건데... 시트 라인에 새끼손가락이 눌리는데 그 느낌이... 나연이가 가기 며칠 전에 링거를 꽂아서 손을 꼭 이렇게 하고서 잠이 들었는데, 그때마다 손이 너무 아프다고 했어요. 링거 줄이 아이 손을 누르더라고요. 그게 얘가 그렇게 손이 아프다고... 진짜 너무 아파하면서 갔거든요. 너무너무 아파하면서 갔어요. 네, 되게 많이 아파했어요. 폐에 물이 찬다고 그러죠. 가기 전에 폐에서 핏물을 하루에 1리터, 2리터 이런 식으로 뺐으니까... 아내도 그렇고, 저도 그렇고 크게 생각하고 싶지 않아요.

걔는, 걔는 진짜 오래 살 줄 알았어요. 먹는 것도 너무 잘 먹고, 잠도 혼자 자고, 몸이 조금 안 좋으면 목에 스카프 하고 자고. 너무 예쁜 거예요. 언니가 안 입는 옷 군소리 없이 다 입고.

생일 선물이고 무슨 선물이고 자기가 원하는 걸 한 번도 사줘 본 적이 없어요. 장난감 2만 원짜리, 3만 원짜리 잡으면 설득해서 5천 원짜리, 3천 원짜리 하나 들고. 그것도 또 너무 기분 좋아서 마트에서 나오고...

나연아빠가 혼자 운전하는 차 안을 떠올렸다. 시트 라인에 눌린 손가락이 아파오는 장면에서 링거 줄에 눌린 아이의 작은 손가락으로. 찡그린 아이의 표정과 폐에 찬 물을 빼는 기계음이 들리고, 기침이 나오면 알아서 목에 스카프를 두르고 자는 예쁜 아이의 감은 눈과 3천 원짜리 장난감을 들고 환하게 웃는 아이의 표정으로. 그리고 가장 아픈 시간과 가장 아름다운 시간이 번갈아 널뛰기하는 기억을 아무에게도 말하지 않는 사람의 화난 표정으로.

집에는 나연이의 사진이 수십 개씩 놓여 있었다. 3년 전 무슨 일이 일어난 건지 알쏭달쏭한 여섯 살 막내는, 우리가 오면 액자를 장난감처럼 가져와서 바닥에 자기식 대로 늘어놓고는 "나연이 언니 이야기해줄까요?"라고 말했다. 그럴 때마다 귀여워서 안 찍을 수가 없었다. 항상 PD와 카메라맨의 웃음소리가 섞여 들어갔다.

"이 언니가 저를 많이 사랑해주던 언니인데, 하늘나라로 가서…" 막내가 이렇게 이야기하면 나연엄마는 "얘가 정말 기억이 나는 건지, 우리한테 하도 이야기를 많이 들어서 기억한다고 생각하는 건지" 하고 웃었

나연이의 집에 놓인 사진에는 네 남매가 그대로 있다.

다. 기억이 난다며 생글생글 웃는 막내는 같이 납골당에 갔을 때 뛰어다니며 놀았다.

나연엄마는 딸아이의 뼛가루가 든 목걸이를 하고 다니고, 팔뚝에 딸아이의 이름과 생일을 새겼다. 친구와 홍대 어딘가에서 충동적으로 했는데, 스펠링 하나가 틀렸다며 부끄러워했다. 나연엄마가 기억을 다루는 방식은 아빠와는 다른 것 같았다. 웃으면서 나연이 이야기를 했다. 마치 어제까지 아이가 뛰어놀았던 것처럼. "우리 그때 나연이랑 갔던 데거든요", "나연이랑 그랬거든요" 이런 말을 할 때면, 나연이 이야기를 아무렇지도 않게 하겠다고 마음먹은 사람 같았다.

나중에 나연엄마의 친정어머니가 말해주었다. 쟤는 어딜 가든 '너랑 여기 왔다'라고 얘기한다고. 블로그에 가족사진을 올릴 때도 꼭 나연이 사진을 걸어서 가족들과 같이 찍은 사진이라고 한다고. 또 조심스럽게, 아이를 잃은 딸이 혼자 샤워하러 들어가 혼자서 소리치며 울더라고, 다시는 듣고 싶지 않은 끔찍한 소리였다고. 그렇게 눈을 감으며 말했다. 나연엄마는 혼자서 가슴을 치며 울고, 거실에 나와서는 마치가 아이가 함께 있는 듯 웃으며 이야기하는 엄마였다.

아이 셋을 키우는 바쁜 엄마를 따라다니다 보니 뭘 찍는지 모르게 하루가 후딱 갔다. 촬영하면서 아이들을 돌보며 마지막 젊은 시절을 통째로 보내버리는 '맘들'의 일상을 천천히 함께했다. 유치원, 아이들의 땀 냄새가 나는 학원들, 마트…

부부는 한 달에 한 번 나연이를 보러 갔다. 납골당 촬영은 너무 뻔하지 않을까 싶었지만, 그래도 매번 따라갔다. 차 안에서 부부가 나누는 맥락 없는 대화가 귀에 들어왔다. 아이들 얘기, 다른 집 애들은 이런 것까지 시키더라 등등. 그러다가 납골당이 가까워지면 조금씩 조용해졌다. 나연엄마는 유골함이 있는 문을 열어서 그곳에 놓인 장난감, 편지, 머리핀 같은 걸 일일이 꺼내서 닦고, 새 편지를 넣었다. 한참 걸렸다. 그동안 나연아빠는 뒤에 서서 그 모습을 보다가, 딴청을 피우다가, 납골함이 놓인 방의 환경이 마음에 안 든다는 듯 살피다가 "해가 더 잘 들어오는 데로 옮겨야겠다. 얼마지?" 같은 말을 했다. 그러고 나면 부부는 우리에게 추어탕 잘하는 집, 좋은 원두를 쓰는 베이커리 카페 같은 주변 맛집을 소개해주었다.

나연이의 유골함에 놓인 알록달록한 장난감들과 편지를 보았다. 눈에 띄는 것은 보라색 조랑말 캐릭터의 트와일라잇. 여자아이들이 좋아하는 애니메이션 〈마이 리틀 포니〉의 인기 캐릭터다. 여자아이를 키우는 부모라면 누구나 알고 있을 캐릭터인데, 내 딸도 좋아하는 캐릭터라 한눈에 알았다. 나연이가 트와일라잇을 얼마나 열심히 보았을지, 그 장난감을

장지성 씨는 납골당에 가면 항상 한참 동안 편지를 썼다.
"방송국에서 너를 보러 아저씨들이 오셨다"라는 내용도 있었다.

얼마나 좋아했을지… 보라색 조랑말 장난감을 보며 전체 프로그램의 톤
을 어렴풋이나마 짐작하고 잡아 나갔다.

 트와일라잇 캐릭터를 가상 현실에 꼭 등장시키고 싶었다. 저작권 문
제가 생길까 봐 애니메이션 제작사에 방송의 취지를 설명하고 허락을 구
하는 영문 메일을 보냈다. 몇 달을 기다려도 답이 없어서 '에라, 모르겠

다' 하고 그냥 만들었다. 꿈 같은 나연이의 공간 속에서 보라색 트와일라잇이 아이 옆을 지키는 강아지처럼 등장하고, 엄마는 보자마자 '아, 트와일라잇이다!'라며 반가워하는 장면 같은 것들을 촬영하는 내내 상상했다.

여름이 되어도 찍히는 게 없자 촬영 감독과 둘이 아파트의 등나무 벤치 옆에서 전자담배를 피워댔다. 원래 사람을 촬영하는 게 그렇다. 어떤 사람의 내면을 드러내는 것과 촬영 기간은 3일 차 정도까지는 정비례하는데, 그다음부터는 별로 비례하지 않는다. 처음에는 새로 알게 된 이들과 많은 말이 오가며 뭔가 많이 아는 듯싶다가 시간이 지나면 드러나는 게 별로 없다. 급해서 필요한 장면을 구성하다 보면 더 힘들어진다. 드라마도 아니고, 갖다 붙일 수가 없다.

그런데 기다리다 보면 또 불현듯 '진짜'인 순간이 온다. 예전에 휴먼 다큐멘터리를 많이 한 PD들의 노하우를 들은 적이 있다. 어떤 PD는 출연자와 친구가 되는 데에 자신이 있다고 하고, 어떤 PD는 은근히 원하는 방향으로 몰고 가는 데는 자기가 최고라고 했다. 나는 둘 다 무슨 말인지 모르겠다고 생각했다. 솔직히 자신이 없었다. 찍는 사람과 찍히는 사람 모두 인생의 한때 아닌가. 조금은 즐겁게, 개그를 섞어서 시간을 보내는 게 덜 어색했다. 그게 내 유일한 노하우다. 시간이 많아서 흐린 날과 맑은 날 다 찍으러 갔다. 애써 묻지 않고, 언뜻 비치는 잠겨 있는 마음을 들여다보았다.

10여 년 전쯤, 카메라맨 선배가 옛날 PD들 뒷담화를 하면서 '울면 줌인'이란 말을 해준 적이 있다. 휴먼 스토리의 당사자가 눈물을 흘릴 것 같으면 카메라맨은 보통 차분하고 담담하게 아름다운 구도를 담고 싶어한다. 그런데 조바심이 난 PD가 뒤에서 어깨를 흔들면서 "줌 인, 줌 인!"이라고 속삭인다는 것이다. 오랜만에 감정을 잡고 예술적인 샷을 잡아보려던 카메라맨은 이게 맞냐며 (속으로) 저항하지만, 할 수 없이 대충 당겨 찍고는 만족스러워하는 피디와 눈을 안 마주치며 나가서 담배를 뻑뻑 피운다. 누가 맞는 걸까?

비단 촬영의 문제가 아니다. 주인공이 눈물을 흘릴 때까지 집요하게 질문하는 PD도 있다. 물론 그렇게 줌 인된 감정도 진짜일 것이다. 그러나 그렇게 처음부터 끝까지 터지는 감정은 나부터도 보고 싶지 않다. 넘치고 터질 듯한 감정을 눌러 담은 이야기가 진실에 가깝다고 생각한다. 헤밍웨이의 《노인과 바다》를 참 좋아했다. 소설 속 노인이 오래전 잃은 아내에 대한 슬픔을 이야기하는 문장은 '아내의 사진을 걸어 두었다가 보고 있으면 너무 우울해져서 침대 밑에 넣어 놓았다' 딱 한 줄이다. 그런데도 짐작이 간다. 내내 혼자인 사람에게 가끔 찾아오는 행복했던 기억과 그래서 차마 들여다보지 못하는 마음.

그런데 어쩌다가 VR을 통해 고인을 만나본다는 방법까지 생각했을까? 아이와 누이를 잃은 가족의 마음이 어떻겠는가. 그걸 PD랍시고 물어본다고 다 알 수 있을까. 그냥 짐작하는 것이다. 같이 있다 보면 꾹꾹 눌러 담은 이야기들이 느껴질 때가 있다. 가족끼리도 너무 아파서 3년간 하지 못한 이야기들이다.

사춘기로 넘어가기 직전의, 장난기 많은 눈빛의 열네 살 첫째 재우는 촬영을 반대했다고 한다. 처음 만났을 때 "나연이 얘기해 드릴까요?"라고 한 번 묻고는 다시는 얘기하지 않았다. 인터뷰도 싫다고 했다. 아이에서 어른으로 가는 열네 살. '너무 그립다'와 같은 말은 끝까지 하지 않을 게 분명한 눈빛과 통통한 볼. 재우는 매번 휴대폰 게임을 하며 촬영팀을 슬쩍슬쩍 보다가 "이거 해보실래요?"라는 식이었다. 고집스러운데 천진해서 뭐가 생각나느냐고 묻기에도 민망했다. 그러다 보니 그냥 인사만 하고 지켜보다가 오는 사이가 되어버렸다. 남들은 촬영에 비협조적인 출연자에 좌절하지만, 나는 늘 그런 출연자에게 끌린다. 찍든지 말든지 게임만 하며 대충 준비한 멘트만 해주고 촬영팀을 보내려는 속셈이 좋았다. 재우

말하고 싶지 않다고 항상. 자기 동생이 이렇게 됐다는 것을 알리고 싶지 않은 것 같아요. 그래서 촬영 온다고 했을 때도, 그럼 나연이 얘기하는 것은 싫다고. 아직 모르겠어요. 그 속을…

동생을 보고 싶어 했는데… 동생을 못 본 채 보낸 거에 화가 난다고 해야 하나. 그걸 너무 속상해하는 것 같아요. 엄마가 병원에 못 오게 해서 못 봤다고. 그런 얘기를…

PD: 지금 보면 얘기를 안 하려고 하던데.

나연이 얘길 하면 너무 슬퍼진대요. 그래서 말하고 싶지 않다고… "너는 그럼 나연이 생각 안 나?" 물었더니, 한 번도 생각하지 않은 적이 없다고. 매일 생각한다고.

는 열한 살 때 동생을 잃었다.

피아노학원에 가던 재우에게 조심스럽게 처음으로 동생에 대해 물었다. 고개만 젓는 아이에게 마치 게임하듯이, "그럼 하루에 하나씩만 얘기해줄래?"라고 묻자, 눈이 반짝였던 것 같다. "음… 하루에 하나씩? … 착했다"

다음날부터 하루에 한 가지씩 아이에게 동생에 대한 기억을 들었다. "항상 웃어요", "아무도 안 반한 사람이 없습니다" 무뚝뚝한 표정으로 던지는 이상하고 아름다운 말들이었다. 아무도 안 반한…?

여전히 눈도 안 마주치고 브롤스타즈 게임을 할 뿐이었지만, 예쁘고 잘 웃던 동생을 보면 누구나 반했다는 말, 그래도 질투 나지 않았다는 말, 아니 나도 그 예쁜 동생에게 홀딱 반했다는 말, 지난 3년간 하루도 빠짐없이 생각났지만 누구에게도 얘기하고 싶진 않았다는 말, 그래서 어디를 가든 "저 동생 세 명인데요"라고 하고, 여행을 가면 하늘에 있는 동생 몫의 선물까지 사 온다는 말, 티격태격하다 힘이 너무 세서 엄마까지 넘어트리지만 엄마가 마트 갔다 오면 내려와서 동생과 짐을 나눠 들거나 막내를 업었다는 말, 엄마가 병원에 못 오게 해서 동생을 보지 못해 화가 났다는 말, 슬퍼지니까 그 얘기를 하러 오는 우리를 보면 유재석 볼 수 있냐고만 한다는 말을 했다. "저랑 제일 친했어요. 제가 단발머리 특공대라고 불렀습니다. 저는 이제 인터뷰 끝" 이게 아이의 기억을 들은 전부다. 부끄럽지만 나중에 우리는 이 부분을 돌려보면서 편집실에서 눈물을 흘렸다.

가끔 혼자 우는 엄마는 아이들이 뭘 모른다고 생각하는 것 같고, 씩씩하게 딴청을 부리는 첫째는 어디를 가든 고집스럽게 동생이 세 명이라고 말하고, 나연이와 쌍둥이처럼 지냈던 둘째는 제일 친한 친구에게만 '엄마가 우는 걸 보기 싫다'고 말하고⋯ 각자가 상실을 다루는 마음은 가만히 들여다볼수록 아름다웠다.

〈너를 만났다〉는 결국 회복에 관한 이야기다. '그럼에도 불구하고' 살아야 하는 그다음의 이야기, 상실을 기억하는 어쩔 수 없는 인간에 관한 이야기다. 감당할 수 없는 어떤 일을 겪은 이후에 꽉 쥘 수도, 놓아 버릴 수도 없는 말랑말랑한 무언가를 손에 들고, 어찌할 바를 모르는 인간의 모습을 상상했다. 가족의 죽음을 겪으면 어떻게 되는 것인가? 또 어떻게 할 것인가? 엄마는 아이들을 키우고, 아이들은 숙제를 하며 살아야 하는데, 생각이 나는 것은 어쩔 수 없을 것이다. 손바닥 위에 올려놓은 그것이 갑자기 뜨거워지면 가만히 버티는 수밖에 없을 것이다. 기억은 사라진 것 같다가도 갑자기 덮치는 것처럼 보였다. 그 이야기를 가만히 들었다. 그런 날들을 조금씩 쌓아 나갔다. 그것만으로도 좋은 이야기였을까 아니면 너무 사적이고 작은, 대중이 공감하기는 힘든 이야기였을까.

함께 일했던 작가가 가족을 상실하는 경험을 이야기해주었다. 다 이해할 수 없었지만, 공학적으로 표현하자면 '단기 파동과 장기 파동이 있는 슬픔'일 거로 이해했다. 가족을 상실하는 슬픔이란 처음에는 고통스럽다가 차츰 나아지는 게 아니라고 했다. 가슴을 치다가 웃기도 하고, 잊는 것 같다가 어느 날 또 갑자기 뭔가가 찾아오는 날이 있다고 했다. 나아졌다고 생각했을 때 찾아오는 낙폭이 더 크고, 그럴 때마다 남은 가족에게 화를 내거나 서로를 원망했다고 했다. 그렇게 절대로 잊히지 않은 일이 수없이 오르락내리락하는 날들을 보내다 보면, 아주 조금씩 그 진폭이 줄어든다고 했다.

내가 VR이라는 기술을 시도한 건 이렇게 복잡한 사람의 기억을 나타낼 수 있는 도구이기 때문이라는 생각이 들었다. 어쩌면 VR 기술은 신기함과 새로움이 완전히 사라지고, 필요성과 퀄리티만 남았을 때 진짜 의미가 있지 않을까. 이 프로젝트는 우리가 만들어 낸 가상 현실 속으로 나연엄마를 초대하는 이벤트를 앞두고 있었다. 그날의 기억을 떠올리는 게 아니라 기억 속을 잠시 살아볼 수 있다면 어떨까를 고민하며, 무엇이 어떻게 만들어질지 모른 채 무수히 많은 버전의 기획안과 회의와 시나리오 속에서 살았다. 시행착오를 많이 겪었다. 그래도 조금씩 흐름을 잡아가면서, 하루는 찍고 하루는 가상 현실을 회의했다.

05

시나리오 。

　　프로그램을 준비하면서 주변의 다양한 레퍼런스를 참고했는데, 페이스북의 '메모리 프로젝트'는 참고할 요소가 많았다. '메모리 프로젝트'는 현재 메타로 사명을 바꾼 페이스북이 야심 차게 내놓은 프로젝트인데, 망했다. 이 프로젝트는 사용자가 찍은 사진들로 가상 현실 속에 추억의 공간을 제공하는 서비스다. 예를 들어, 내 집 현관과 창문, 아이들과 찍은 사진 3장을 입력한다고 하자. AI는 3장의 사진 속 위치를 중심으로 대략적인 공간을 만들어 낸다. 그러면 그 공간은 '도트 클라우드'라는 입자 형태로 표현되며, 사용자는 그 속을 걸으면서 사진을 찍거나 동영상을 들여다볼 수 있다.

메모리 프로젝트는 AI를 이용해 사진 속 공간을 가상 현실에 구현한다. 추억 속의 공간은 도트 클라우드 형태로 표현된다. 사적인 기억과 공간을 표현하는 정서를 참고할 수 있었다.

그런데 페이스북이 메타버스 사업을 지속하면서도 '기억'에 집중하는 내밀한 작업을 하는 이유가 무엇일까? 사실 페이스북은 특출난 기술이 있어서라기보다는 사람과 사람 사이의 관계에 집중해 성공한 기업이다. 반도체나 스마트폰을 만드는 기업처럼 앞선 기술을 바탕으로 사업하는 것과 달리, 조금 더 인간에게 와닿는 감성적 스토리텔링을 제공해야 한다. 세계를 좌지우지하는 많은 테크 기업도 개인의 아주 사적인 부분을 파고든다. 사적인 부분을 서비스해서 버릴 수 없는 정체성을 형성하기 위함이다. 구글 포토도 그렇다. 구글 포토를 쓴 지 몇 년째인데, 아직도 깜짝깜짝 놀란다. 사진 앨범을 클라우드에 저장해 두었을 뿐인데, 몇 년 치 사진을 한꺼번에 넘기다 보면 시간의 흐름과 인생 자체를 보는 것 같은 기분이 든다. 구글 포토 사진첩을 태어난 날부터 죽는 날까지 플레이한다면 그 자체로 각자의 다큐멘터리가 될 것이다. 나중에 넷플릭스에서 셀럽들의 구글 포토 사진첩을 비싸게 사서 방송할지도 모르겠다.

백 장의 사진과 몇천 장의 사진은 다르다. 쌓인 데이터를 AI로 정리

할 수 있다면, 지금까지 생각해본 적 없는 일이 벌어질 것이다. 구글 포토에 든 방대한 데이터를 통해 사용자의 습관과 생활을 정리한 다음, 이를 가상 현실에 반영해 뭔가를 만든다거나, 상용화된 디지털 휴먼 제작 툴이 제공된다면? 적어도 기억하는 모습대로 움직이는 버츄얼 아바타를 제작해, 반복적으로 등장하는 장소나 기억을 메타버스 안에 만들어 제공할 수 있을 것이다. 이렇게 사적인 데이터를 풍부하게 모으면 삶을 풍부하게 만드는 어떤 형태의 서비스 등으로 이어진다.

메타버스는 결국 삶의 데이터를 어떻게 이해할 것인가에 따르지 않을까. 거기서 새로움을 느끼고, 깊이 이해하는 사람은 마음을 움직이게 하는 무언가를 발명해 낼 것이고, 그렇지 못 한 사람은 겉은 화려해도 남과 다를 바 없는 비슷한 결과물을 만들어 낼 것이다. 어쨌든, 전 세계의 똑똑한 경영자와 엔지니어들은 이런 일에 매달리고 있다.

〈너를 만났다〉 역시 최전선의 기술을 이해하고, 가능한 선에서 '인간적으로' 포장해, 아주 감성적인 한편의 무언가를 만들고자 하는 프로젝트였다. 페이스북 같은 테크 기업이 방대한 데이터와 상상력으로 하는 일과는 비교할 수 없겠지만, 우리는 우리 식대로 세상에 없는 프로토타입을 일일이 수작업해 만들어 내고 있었다.

함께 일했던 지인과 커피를 마시며 "가상공간에서 헤어진 가족을 다시 만나서…"라고 슬쩍 꺼내놓자, 지인이 "근데, 만나면 반갑고 감동적일 텐데. 그러고 나서 뭐 해?"라고 물었다. 말문이 막혔다. 뭘 하지? "HMD 뒤집어쓰면 표정이 안 보일 텐데, 되겠어?"에 이어 다시 한번 좌절했다. 사실 본질적인 질문이었다. 그냥 만나서 인사하고 끝? 어디에서 감동을 찾아야 할까?

이제 그 '뭘 하지?'를 생각해야 했다. 제작진과 VR 제작팀은 콘셉트를 회의했다. 비주얼 회의는 즐거웠다. 글이 아니라 그림, 톤, 느낌 등을 매우 자유롭게 상상할 수 있었기 때문이다. 촬영 구성안을 짜거나, 내래이션 대본을 고치는 일과는 차원이 달랐다. 그러나 함정이 있었다. 무엇이 가능한지 알려면 VR을 많이 체험하고 느끼면서 '이것이 무엇인지' 체화해야 했다. 그것을 이해하지 못하면 그냥 말로만 이것저것 떠드는 수밖에 없다. 가능한 것과 불가능한 것 그리고 그 경계에 대해서 의문을 던질 정도는 되어야 했다. 스토리텔링의 차이를 이해한 뒤 VR 업계에 없는 방송판의 감수성을 뒤섞는 것이다. 이런 작업을 하기 위해서는 "잘 모르니까 알아서 해 주세요" 같이 하청을 맡기는 관행으로 일할 수는 없었다. 연출자가 머릿속의 비전만으로 모든 제작진을 지휘할 수 있으면 좋겠지만, (적어도 VR의 언어로) 자세히 이야기해야 했고, VR이 결합한 장면도 어느 정도 구체적이어야 작업을 수행하는 사람의 입장으로 회의할 수 있었다.

요즘은 CG라는 말 대신 VFX라는 말을 쓴다. 특수 효과를 CG가 보전하는 형태의 작업보다는 처음부터 촬영의 영역까지 확장된 의미가 강하다. 이제는 할리우드의 영화들도 그린 스크린에서 찍는 분량이 절반 이상인 경우가 많고, 프리 프로덕션 단계부터 차별화한 세계관을 담은 비주얼을 창조한다. 그리고 이런 메타버스 산업에서 핵심적인 역할을 하는 곳이 바로 비주얼을 만드는 VFX 회사다. 가상 현실을 만들어 내기 위해서는 언리얼 엔진과 같은 툴을 다루어야 하는데, 이는 또 기본적으로 코딩을 해야 한다는 말이다. 이런 작업을 하는 핵심 인재는 그림도 그리고 코딩도 하는 사람일 것이다. 이들은 인간을 이해하는 아티스트와 기술을 이해하는 엔지니어 그사이의 일을 해야 한다.

〈너를 만났다〉 또한 스토리와 기술 사이에 존재한다. 프로젝트를 진행하며 두 세계를 이해하는 능력에 대해 많은 생각을 했다. 뉴욕타임스의 간판 칼럼니스트이자, 빠르게 발전하는 현대사회에 놀라운 통찰력을 던진 토머스 프리드먼은 현시대를 '가속의 시대'라고 했다. '모든 기술과 개인이 가질 수 있는 능력이 점점 빠르게 발전하는 시대'라고 본 것이다. 그는 저서 《늦어서 고마워》에서 '앞으로 가장 많은 보상이 따를 일자리는 공감형 기술직(STEMpathy job)'이라고 했다. 공감형 기술직이란 과학, 기술, 공학, 수학 능력과 공감 능력을 결합하는 것, 즉 과학기술에 공감이라는 대인관계의 기술을 함께 이용하는 직업을 말한다. 구체적으로는 2017년 매일경제와의 인터뷰에서 공감형 기술직에 대해 '수학적 계산을 하면서 인간의 심리를 볼 수 있는 일, 암 진단을 내리기 위해 왓슨과 대화하면서 그 결과를 알려주려고 환자의 손을 잡아주는 것과 같은 일이다. 단지 기술적 재능만 필요한 일이라면 자동화할 가능성이 매우 크다. 단지 공감이나 유연성만 필요한 일이라면 인력을 무한히 공급할 수 있다. 이 두 가지가 결합된 일이 필요하다'라고 밝힌 바 있다. 직업의 전문성에 항상 회의를 느끼는 방송국 PD로서는 이만큼 공감되는 말을 들어보지 못했다. 함민복 시인이 '모든 경계에서는 꽃이 핀다'라고 하였는데, 그게 이런 뜻이었을까.

가상 현실 속 만남을 준비하는 일은 이런 공감형 기술직의 정의에 정확히 맞아떨어졌다. VR로 할 수 있는 일을 알고 적용하는 것과 사람의 영혼을 깊이 이해하고 마음을 움직이는 것이 함께 가능해야 했다.

기술에 관한 이해는 부족할 수밖에 없지만, 인간에 관한 공감이라면 그래도 십몇 년 훈련받았으니 준전문가는 되지 않을까. 방송은 누군가의 마음을 움직이지 못하면 끝나는 직종이다. 그게 사람을 웃기는 일이든, 울리는 일이든 마찬가지다. 예술이나 엔터테인먼트 분야에서 가장 꼭대기에 있는 사람들은 이런 일을 본능적으로 이해하고 너무나 쉽게 해낸다. 그러나 나와 같은 평범한 직업인으로서의 PD 대부분은 굉장히 애써야 하는 일이다. 그동안 마지막 단계에 CG 작업을 의뢰하고, 또 받아서 마음에 안 들면 고치는 일에 익숙해져 있었다. 의사소통도 떨어져서 했다. CG 작업이나 기술 부분은 그냥 '잘해주면 고마운' 일로, 또 PD가 하는 일은 비주얼이나 기술보다는 '이야기만 만들면 되는' 일로 생각했다. 그러나 이 프로젝트로 그 두 가지의 경계가 희미해지고 섞였다.

회의는 방송국 PD와 작가, VR 스튜디오의 총괄 매니저, 스튜디오의 CTO(기술 책임), 프로그래머와 엔지니어가 함께했다. 각자 STEM의 숙련도와 공감도, 기술과 인간 이해의 정도는 달랐지만, 동등했다. VR 스튜디오의 CTO는 이야기에 공감하고 나서 어떤 요소를 적용할지에 대한 기술적 아이디어를 냈고, 나는 어떤 기술이 가능한지를 바짝 이해하고 새로운 스토리 아이디어를 냈다. 서로를 이해하지 못했다면 한쪽은 왜 안 되냐, 한쪽은 그건 불가능하다는 말만 반복하는 익숙한 줄다리기와 누군가를 배제한 회의로 빠졌을 것이다. 그러나 우리는 가족의 스토리를 공유하고, 일단 깊이 공감하면서 끝없이 의견을 나누었다. 그런데 이러다 보면 처음의 신선함도 지긋지긋함으로 바뀐다. 그래서 항상 너그러운 마음을 가지려 노력했다. 각자 다른 분야의 전문가들이 모여 감동을 만들겠다는 의기투합, 막 던지기, 고개를 절레절레 젓기, 안 되는 건 안 된다고 하고 이런 건 될지도 모르겠다고 말하고 후회하기, 뭐든지 될 것 같은 집단 최면 상태에

서 느끼는 실망과 불안과 감탄의 반복. 지금 생각하면 참 아름다운 과정이
었다.

　어떤 시퀀스로 가상 체험을 만들지를 열심히 상상하면서 일단 몇 달
이 걸릴지 모를 필수 작업을 시작했다. 바로 나연이의 버츄얼 휴먼을 만드
는 일이었다. 지금은 버츄얼 휴먼을 보는 게 낯설지 않지만, 이 프로젝트를
시작할 때만 해도 생소했다. 그래서 해외 사례를 많이 참고했다. 또, 버츄
얼 휴먼이란 결국 데이터로 만든 사람을 뜻하는데, 너무 범위가 넓다고 느
껴졌다. 실제 인물을 반영한 건지, 세상에 없는 가상의 존재인 건지, 움직
임은 어느 정도인지, 실시간으로 움직이는 건지 나중에 보정해서 움직이
게 만드는 건지. 또는, 자아를 가졌는지(거의 불가능하지만), 자아를 가진 듯
한 느낌을 주는 건지… 그에 따라 작업 난이도도 너무 차이 났다.

　마케팅 영역에서는 버츄얼 휴먼을 아이돌에게 캐릭터를 부여하듯이
만든다. '이 가상 인물은 몇 살이고 뭘 좋아하고' 하는 식으로. 딱히 어려
운 작업은 아닌 것 같다. 가장 어려운 부분은 버츄얼 휴먼에게 인간다운
느낌을 주는 일이다. 특히 실시간 가상 체험에서는 불가능에 가깝다. 예를
들어, 우리는 언리얼 엔진으로 얼굴을 만들었으나 얼굴의 미세한 근육 다
발 하나하나를 다 만들어 낼 수는 없었다. 얼굴을 수십 개의 영역으로 나
누어서 작업한 다음 조합하면 어떤 고유한 얼굴을 만들 수는 있었지만,
그림을 그리듯이 자유롭지는 않았다. 얼굴을 표현하는 일은 수염, 안경, 입
매 등 세부적인 가짓수가 엄청나게 많은 아바타를 만드는 것과 비슷하다. 거
기에 나름대로 보정을 가해 생각하는 모델에 가깝게 만든다고 볼 수 있다.

　또 3D 모델을 만들었다면 표정을 짓게 만들어야 한다. 이건 또 다른

차원의 일이며, 보통 여기에서 좌절하게 된다. 모션 캡처 배우의 표정을 따서 매칭한다고 해서 똑같은 표정이 나올지 장담할 수 없었다. 어찌어찌 비슷한 얼굴과 비슷한 표정을 만들었다고 해도 또 그 존재가 인간다움을 유지하면서 여러 표정을 순서대로 움직여야 하는데… 이럴 때는 안 되는 걸 빠르게 포기하게 된다. 웃는 표정이 가장 힘들었다. 그래도 이런 과정을 거치다 보면 배우는 게 있다. 인간은 흉내 내기 어려울 정도로 복잡한 존재라는 것이다. AI로 누군가와 닮은 꼴을 순식간에 만들 수 있는 딥페이크 기술이 3D로 가능하면 얼마나 좋을지 수없이 상상했다. 그러면 가상현실에서 기억 속의 똑같은 얼굴의 존재를 만날 수 있을 텐데…

그래도 어쨌든 목표를 높게 잡아야 하므로, 해외의 버츄얼 휴먼 제작 사례를 많이 보았다. 마음에 쏙 든 버츄얼 휴먼은 일본의 CG 디자이너 부부가 만든 디지털 여고생 '사야(SAYA digital)'였다. 입체적인 가상의 인물로, 화면으로만 만날 수 있다.

우리가 가상공간에 나연이라는 존재를 만드는 이유는 무엇인가? 그것도 단 한 번의 만남만 선보일 수 있는 아주 사적인 사람을… 답은 명쾌하다. 아직 아이를 떠나보내지 못한 엄마에게, 하고 싶은 말을 할 수 있는 단 한 번의 체험을 제공하기 위해서다. 그래서 버츄얼 휴먼인 나연이는 최대한 나연엄마의 기억 속 모습과 닮아야 했다.

'사야'라는 버츄얼 휴먼은 여느 버츄얼 휴먼의 사례보다 '여고생'이라는 자아에 집중해서, 여고생다움을 표현한 존재이다. 눈매, 머리카락의 휘날림, 꼭 다문 입술, 귀여운 척하는 표정 등을 보면서 가상의 존재에 인격과 자아를 담기 위해 애썼다는 걸 알 수 있었다. 감탄했고, 우리도 그래야

버츄얼 여고생 사야. 이런 느낌을 원했다.

했다. 단 한 장면만 보아도 어떤 아이인지 느껴질 정도의, 한순간만이라도 마음을 붙잡을 수 있는, 그 아이다움을 꼭 보여주어야 했다.

　나연엄마는 아이폰으로 아이의 사진을 많이도 찍었다. 다 정리하지 못한 사진들을 외장하드에 몇 테라나 갖고 있었다. 마침 정리해보고 싶었다며 건넨 그 외장 하드 속 사진과 동영상을, 우리는 끝없이 들여다보았다. 덕분에 사람의 외모를 비슷하게 표현하기 위한 다양한 각도의 사진을 어렵지 않게 골랐다. 그러나 살아 있는 어떤 사람을, 그것도 누군가와 만나는 순간을 만들어 내기 위해서는 그 이상이 필요했다.

　버츄얼 휴먼이라고 해도 움직이고 표정을 지으면 자아를 가진 존재처럼 보인다. 게다가 우리는 엄마를 실시간으로 만나는 딸을 재현해야 한다. 단순히 외모만 재현하는 일이라면 데이터로 이루어진 마네킹을 만들면 되고, 후보정이 가능한 3D 영상을 만드는 일이라면 마음이라도 편했겠지만, 우리가 해야 할 일은 그리 단순하지 않았다. 엄마가 만날, 가상공간에서 실시간으로 표정을 짓고, 말하고, 교감하는 존재는 어떠해야 할까.

(1) 실제 인물과 매우 닮아야 한다.
(2) 기억 속 나연엄마만 아는 특징적인 모습을 보여야 한다.
(3) 실시간으로 살아 움직여야 한다.

3번은 아직 어디에서도 한 적이 없는 작업이다. VFX 업체들이 익숙하게 만드는 게임 홍보 영상 속 가상의 캐릭터를 만드는 난이도와 비교할 수 없었다. 그러나 바로 그 지점이 아티스트들이 어려워하면서도 의욕이 넘친 이유다.

PD가 할 일은 더 있다. 매일 사진과 동영상들을 보며 아이를 생각했다. 어떤 아이였을까? 허스키한 목소리, 동그랗게 뜬 눈, 토라지다가도 금방 반달 모양으로 웃는 눈⋯ 그리고 계절이 느껴지는 사진들에 마음을 사로잡혔다. 여름이나 겨울, 쑥쑥 커가는 아이가 계절이 느껴지는 배경 속에서 엄마와 웃고 있는 모습을 계속해서 보았다. 보고 있으면 그 순간의 냄새나 바람 같은 것이 느껴졌다. 어떻게 해야 나연엄마 기억 속의 나연이를 생생하게 표현할 수 있을까?

내가 아는 사람의 나만이 아는 특징을 상상해보았다. 예를 들어, 아이가 나를 보면서 웃을 때의 특징적인 표정이나 손동작, 몸을 기울이는 각도, 리듬⋯ 이런 것들을 찾아서 표현할 방법을 찾으려 했다. 아티스트와 테크니컬 디렉터가 가장 어려워하는 것 중의 하나가 사람의 큰 동작이나 화려한 움직임이 아닌, '아이들링(Idling)'이라 부르는 상태다. 큰 동작이나 상호 작용 사이에 있는 머무름. 대답을 기다리기도 하고 상대를 가만히 쳐다보기도 하는 '아무것도 안 하는 상태'. 그것을 표현하는 게 정말 힘들었다. 사실 우리가 보는 영화, 드라마, 게임 속의 인간을 닮은 캐릭터는 큰 액션 위주로 넘치는 감정을 표현한다. 장르도 어드벤처나 액션물이다. 즉, VFX 기술에 가장 큰 자본이 투입되는 영화 산업에서는 가만히 있는 평범한 인간을 만들 이유가 별로 없다. 미세한 사람다움, 미세한 감정을 보여주려면 어떻게 해야 하는지에 대한 노하우가 상대적으로 축적되지 않은 이유일 것이다. 아무튼 기술이 발전해도, 고작 몇 초라도 나를 바라보는 자연스러운 버츄얼 휴먼을 만드는 일은 쉽지 않다.

많은 사람이 미래에는 메타버스 안에서 디지털 아바타를 통해 새로운 인간관계가 만들어질 거로 예측한다. 그러나 나의 또 다른 자아인 아바타를 만들어 다른 아바타와 깊은 감정을 나누려면, 기술이 아니라 사람에 관한 연구가 더 필요한 게 아닐까. 어쩌면 메소드 연기 전문가가 필요할지도 모르겠다.

사람이 어떻게 다른 사람을 쳐다보고 감정을 드러내는지, 난처할 때 눈을 몇 번 깜박이는지, 어떻게 가벼운 몸짓으로 뉘앙스를 전달하는지 등은 아무리 잘 표현하려고 해도 어색했다. 같은 동작을 조금만 반복해도 티가 나고, 일부러 슬쩍 웃거나 손을 움직이게 해도 이상했다. 이렇게 동작이 크지 않은 버츄얼 휴먼은 '불쾌한 골짜기'로 너무 쉽게 빠져버린다. 가뜩이나 부족한 제작 여건 속에서 너무 어려운 일을 하는 건 아닐까 싶었다.

하지만 반대로 생각하기로 했다. 남이 안 해본 거니까 좀 신선해 보이지 않을까, 그러면 나연엄마와 시청자들도 너그럽게 봐주시지 않을까. 그동안 봐 왔던 버츄얼 휴먼과는 조금 달라 보일 수 있지 않을까 싶었다. 지금까지의 버츄얼 휴먼은 게임 속에서 화려한 동작과 빛이 날아다니는 효과 속에서만 등장했지만, 우리가 하려는 일은 가상 현실 안에서 감정을 담고 기억과 만나는 것이다. 액션이 아니고 멜로, 그것도 아주 애틋한, 훨씬 조용하고 사적인 뉘앙스를 전달하는 일이었다. 어렵지만 아무도 안 해서 빈 땅이다. 우리 식대로 새롭게 발견하고 시도한다면 완성도가 부족할지라도 감동을 전달할 수 있을 거로 생각했다. 물론, 마음에 걸리는 게 하나 있었다. 기술적으로 가능하더라도 '어떤 사람의 자아를 누가 판단하지?'라는 문제다. 이미 문제가 제기된 잊힐 권리와 맞닿은 것이기도 했다.

만약 나의 모든 데이터를 남겨 사후에 버츄얼 휴먼으로 만들어진다면, 나는 그 존재가 어떻게 움직이기를 바랄까? 사람들이 좋은 뜻에서 그 존재가 좋은 말을 하게 한다고 해도, 나와는 다르다. 또 내가 동의하지 않는다면 어떨까? 그건 내가 아니라고 말할 수도 있을 것이다.

끝없이 자신에게 묻고, 가족의 동의를 구하며 만남을 준비했다. 어쨌든, 아이가 엄마에게 보이는 표정과 행동은 모두 제작진이 준비하는 것이다. 또, 사진과 동영상을 바탕으로 한다고 해도 표현된 표정과 행동을 아이의 것이라고 말할 수 있을까? 이런 문제도 죽은 사람을 가상 현실 속에 살려내는 일 자체에 대한 윤리적 이슈와 함께 전체 과정 내내 깊이 생각했다.

기본적으로 모든 것은 사실로부터 나온다는 것을 전제했다. 모두 가족의 인터뷰와 기억에서만 가지고 오고, 우리는 적극적인 상상을 하지 않는다는 원칙을 세웠다. 회의가 많은 상상력으로 뜨거워져도 다시 원점으로 돌아와 식혔다. 아름답고 극적인 상상을 할 수 있었으나, 인터뷰 사이의 여백 정도만 상상했다.

대사를 넣느냐 마느냐의 문제도 한참 토론했다. 그러고는 어쩔 수 없다고 판단하고, 가장 아이다운 대사를 할 수 있도록 흐름을 만들었다. 그러나 이 또한 최소한으로, 일반적인 짧은 말에서 크게 벗어나지 않도록 했다. 아이가 했던 말 위주로. 그 아이라면 그랬을 듯한 느낌을 유지하도록 했다.

신사동의 한 스튜디오에서 나연이와 비슷한 체격의 아동 모델을 3D 볼류매트릭스(Volumetrics) 장비로 촬영했다. 지금은 보편화된 장비지만 그때만 해도 흔하지 않았다. 수백 대의 카메라가 둘러싼 공간에서 모델을 찍고, 몇백 장의 사진을 조합해 입체화된 모델을 만든다. 그리고 이 기본 모

3D 볼류매트릭스 촬영 장비로 모델을 촬영해 입체화했다.

델을 바탕으로 3D 공간에서 얼굴과 텍스처를 만들어 나갈 것이다. 본격적으로 일을 시작하는 것 같아 떨렸다.

어떤 만남을 준비할 것인지에 대한 시나리오 회의는 계속되었다. 사실 시나리오라고 부르기는 싫었다. 영화나 드라마처럼 통제된 이야기가 아니라 열린 체험을 준비하는 일이기 때문이다. 그렇다면 이런 걸 뭐라고 불러야 할까?

게임과 영화의 경계가 많이 사라지고 있다고들 한다. 그러나 가상 체험은 정해진 것이 아니므로 감독이 편집할 수 있는 영화의 스토리텔링과는 근본적으로 다르다. 이런 스토리텔링을 능숙하게 활용하는 사람들은 오히려 예능 영역에 있는 게 아닌가 싶기도 하다. 한정된 공간에서 몇 가지 제약 조건과 힌트를 심어 두고 미션을 수행하는 〈대탈출〉 시리즈 같은 것. 뭐가 어떻게 될지 모르는 상태에서 흐름을 짜서 출연자를 맞이하는 형태의 스토리텔링이 오히려 가상 현실 시나리오에 가깝다. 다만, 예능은 역시 미션 형태가 많고, 우리가 하려는 것은 조금 더 감정적인 체험이었다. KBS 예능 〈1박 2일〉에서 처음에는 무슨 미션인지 몰랐던 멤버들이 힌트를 풀어 나가다가 어떤 장소에 가서 사진을 찍고, 나중에 그곳이 각 멤버의 부모님이 젊은 시절에 사진을 찍었던 공간임을 알게 되는 장면이 있다. 추억이 담긴 가족사진을 보는 순간, 멤버들의 표정은 진짜였다. 그 순간은 예능이라기보다 다큐멘터리에 가까웠고, 어떤 다큐멘터리보다 감동적이었다. VR 체험도 비슷한 부분이 있다. 생각한 그림을 찍고 편집해 감동을 주는 영화와 달리, 미리 콘셉트에 맞는 흐름을 심어 두어야 한다.

세상에는 이런 VR 스토리텔링을 연구하는 사람도 있고, 천재적인 재능으로 구현하는 사람도 있다. 대중을 대상으로 하는 직업을 가진 사람은 이제 모든 종류의 스토리텔링을 배워야 하는 시대다.

에어컨을 켜도 뜨거운 열기를 내뿜는 회의를 통해 우리는 여러 가지 상상과 감정을 공유했다. 지금 생각하면 이 일을 해낸 제작진들이 풋풋하게 느껴지기까지 한다. 모르니까 용감하고, 어렴풋한 목표에 순수하게 공감하고, 뜨겁게 토론하던 시간이었다.

처음에는 환상적인 장면도 생각했다. 초현실적인 공간에서 탄생을 상징하는 콘셉트로 커다란 새가 바구니 안에 아기를 물고 온다거나… 그러나 이런 아이디어를 마주칠 때마다 마음속에 걸리는 것을 잘 들여다보아야 했다. 그렇게 현실적이지도 않고, 너무 환상적이지도 않은 신비롭고 그리움이 느껴지는 공간의 비주얼 콘셉트를 계속 공유했다.

초기 콘셉트 참고 그림. '다른 세상과 만나는 경계'의 느낌을 공유했다.
나중에 이런 느낌들은 다 탈락!

그런데 어디에서 처음 만나는 것이 좋을까? 나연엄마는 3년 전에 갑자기 아이를 잃었다. 그리고 이상해 보이는 PD의 제안을 받아들이고 허락해주었다. 나중에 물어보니 나연엄마는 사실 가상 현실이 무엇인지 잘 몰랐다고 했다. 그냥 '나연이 일이니까' 운명적인 것으로 받아들였다고 했다. 우리는 이 만남이 우스워 보이지 않게 만들 책임이 있었다. VR 기술을 적용한 데모 같은 것으로 보여서는 안 되었다.

목표를 '좋은 기억을 만드는 것'에 두고, 내용보다 태도를 공유하는 과정으로 여겼다. 너무 갑작스러운 헤어짐이어서 하고 싶은 말을 하지 못한 것과 기억이 흐릿해져 가는 게 두려운 것. 나연엄마는 그 두 가지를 가장 아파했다. 처음에는 샤워기를 틀어놓은 채 마음껏 소리지르며 울었다고 했다. 온종일 기억을 붙잡고 있으면 그 슬픔에 사로잡혀 살 수가 없었다고 했다. 그러나 시간이 흘렀다. 이제 어떤 기억은 희미해지고, 아이와 함께했던 순간들이 기억나지 않을 때가 많다고 했다. 기억에서 빠져나오지 못해 아프다가, 이제는 기억이 사라질까 두려운 느낌을, 우리는 짐작할 수 있을까. 나연엄마는 나이가 들어 치매라도 오면, 나연이와의 기억이 다 사라지는 게 아닐까 싶어 두렵다고도 했다. 그러면 '그 아이는 세상에 존재했던 아이일까?'라는 생각도 든다고. 내가 열심히 기억하지 않으면, 세상에 이런 사랑스러운 존재가 있었다는 사실 자체가 없던 일이 될 것 같다는 이상한 두려움. 그녀의 말을 듣고, 영화 〈코코〉에서 한 명이라도 나를 기억해 달라며 노래를 부르는 장면이 생각났다.

나연이는 막내가 태어나기 전까지 엄마와 껌딱지처럼 붙어 다녔다고 했다. 엄마랑 나연이가 함께한 아름다운 순간이 얼마나 많았을까? 나연엄마는 촬영 때마다 묻지 않아도 나연이와의 기억을 말했다. 정식 인터뷰는 딱 한 번 했다. 울다가 웃다가 정신없고 두서없는 아름다운 대화였다.

PD는 직업적으로 인터뷰를 너무 많이 한다. 그래서 다른 사람의 이야기를 듣는 일이 뻔한 일이 되지 않도록 노력해야 한다. 매번 처음 듣는 것처럼 해야 한다. 그러나 나연엄마와의 인터뷰는 그렇게 귀를 기울일 필요가 없었다. 그리고 나는 방송 후에 '하늘을 보고 손 흔드는 사람'이 이 세상에 이렇게 많은 줄 미처 몰랐음을 반성했다.

그냥 생각나는 날이 있어요. 요즘 하늘이 너무 맑았잖아요. 그런 날은 하늘이 맑아서 기분이 좋은데, 그래서 나연이 생각이 많이 나고... 흐린 날은 또 흐려서 나고... (웃음)

하늘 보고 대화를 하거나 손을 흔들거나, 어떤 미친 여자가 하늘에 손

아름다운 순간이 많았음에도 불구하고 엄마는 아픈 순간을 자주 떠올렸다. 처음에는 평범한 몸살인 줄 알았는데 열이 너무 갑자기 올랐다고 했다. 입원해서 치료하긴 했지만, 그 전날까지도 토라질 정도로 상태가 괜찮았기 때문에 아이가 갑자기 떠날 줄 몰랐다고 했다. 그래서 엄마는 아이를 지키지 못한 죄인이라는 생각을 하고 있었다.

PD: 무슨 말이 기억나세요?

'엄마 미워', '엄마 때문에 화났어' 이런 거 많이 했죠. 그때는 소정이(막내)만 감쌌으니까... 그런 말 많이 했어요. 꿈을 꿨는데, 엄마 밉다고 해서 제가 울면서 깼거든요. "엄마 미워!"이러는데 목소리가 허스키하고 되게 세요. 근데 귀여운, 그런.

엄마 힘들게 하면 안 된다고 생각해서 그런지 아프다는 말을 많이 안 했어요. 정말 마지막에 힘들어질 때, 그때만 했지. (소변) 실수하거나 그럴 때 제가 계속 갈아입히고, 시트를 갈고... 그러면 "엄마, 미안해요" 그랬던 게 기억이 나거든요. 그런 게 가슴에 맺히죠. 미안하단 말을 많이 해서. 사실 내가 더 미안한데... 나연이 떠나기 전날이었는데, 그때가...

순간의 기억들은 사라질까 두렵고, 가장 아픈 기억은 불현듯 나타나 엄마에게 죄책감을 남긴다는 것은 제작진에게도 전달되는 아픔이었다. 많은 회의를 거쳐 나연엄마가 아이를 만날 장소를 정했다. 장소는 엄마의 기억 속에 있는 곳이었다.

나연이가 어릴 때도 저는 정말 열심히 돌아다녔거든요. 진짜 엄청 돌아다녔어요. 한강에... 그 뭐야, 노을공원 있잖아요. 주말마다 거기에 갔어요. 6시 되면 캠핑하는 장소에 사람들이 하나둘 오거든요. 그쯤에 집에 왔어요. 친구랑 비슷한 시기에 애를 낳아서 둘이서 열심히, 아빠들은 다 바쁜 사람들이라 둘이서 열심히 거기 가서 애들 풀어놓고 잔디나 풀 있는 데는 다 가서 참여하고. 맨날 놀았거든요, 정말. 거기서 노을 지는 거 보고 억새 피면 억새...

PD: 노을 질 때도 기억이 나세요?

그렇죠. 그때 진짜 우리 나연이 머리 없던 시절인데. 거기 자연 놀이터 같은 데가 있거든요. 거기서 막 나무 쌓아서 집도 만들고... 그러고 놀았던 게 기억나네요. 6시쯤에 캠핑하는 사람들이 고기 굽기 시작하면 "우리도 고기 먹으러 가자" 해서 내려가서 사 먹고 그랬거든요. 하루도 빠짐없이 저랑 갔으니까.

처음에는 장소가 실제 장소여야 하나, 환상 속의 장소여야 하나 갑론을박을 벌였다. 그러나 가기만 해도 기억 속의 공간임을 알아볼 수 있다는 것, 넓고 평화로운 공간이 주는 느낌, 하늘과 바로 맞닿은 공간이라는 점에서 노을공원은 포기할 수 없는 공간이 되었다. 별것 없는 공원의 탁

트임, 꽃과 풀들 사이에서 아이가 웃고, 엄마한테 더 놀겠다고 떼쓰는 것을 상상했다. 우리는 가상 현실 속 공간이 현실처럼 계절을 느낄 수 있는 곳이기를 바랐다. 하루의 어느 때라는 느낌, 자연의 소리가 늘려오면 좋겠다고도 생각했다. 짧은 만남의 순간에도 시간이 흘러 노을이 지는 저녁에서 밤으로 향하는 그런 세계를 상상했다.

일단 현장을 답사했다. 카메라 팀과 VR 제작진이 함께 노을공원에 가서 수천 장의 사진을 찍은 다음, 언덕, 나무로 된 평상들, 아이들이 노는 모

노을공원과 똑같은 가상공간을 만들고, 조명을 석양 및 분홍색 톤으로 테스트했다.

래 놀이터, 오두막집 등을 모두 찍어서 가상 현실 속에서 똑같이 재현했다.

땀을 뻘뻘 흘리며 노을공원에서 사전 촬영을 하던 날은 참 기억에 많이 남는다. 노을이 지는 짧은 시간을 고속 촬영으로 담기도 했다. 이는 나중에 현실의 그린 스튜디오에서 가상의 노을공원으로, 그리고 실제 노을공원의 인서트들과 기억들이 섞여서 현실과 가상 현실의 경계를 아름답게 넘도록 해주었다.

하늘로 올라가는 듯한 장면을 드론으로 여러 번 찍기도 했는데, 그 느낌도 나쁘지 않았다. 긴 회의 끝에, 노을공원에서 시작해 어디론가 '올라가는 듯한' 물리적인 느낌을 주면 그곳이 상상 속의 천국이든 우리가 만든 가상 세계든 더 설득력을 줄 수 있을 거라는 결론에 이르렀다. 이 프로젝트에서 노을공원은 실재와 거의 똑같이 표현된 가상의 공간이므로 메타버스에서 자주 말하는 '디지털 트윈(Digital twin)'이라고 볼 수 있다. 또 현실에서 초월적인 세계로 향하는 '관문(Portal)'이라고도 볼 수 있다. 관문의 개념은 매우 중요하다. 처음부터 환상 속의 공간만 존재한다면 게임과 유사한 느낌에 그칠 수 있고, 현실과 완전히 똑같은 장소만 존재한다면 가상 현실의 가능성을 충분히 사용하지 못하는 것이다. 그러므로 현실과 흡사한 공간에서 다른 공간으로 이동하는 개념은 메타버스 안에서 다양하게 생각해볼 거리를 던진다. 아마도 사람들이 원하는 메타버스란, 현실적이면서 어느 순간 초월적인 곳으로 이동할 수 있는 공간이 아닐까? 실제로 우리는 물리적인 이동의 느낌을 줄 때, 그 공간 속에 확실히 몰입할 수 있다.

NHK의 다큐멘터리 〈바람의 전화〉를 본 적이 있다. 2010년, 바다가 내려다보이는 언덕에 한 노인이 공중전화 부스를 설치해 둔다. 전화선이 없는 이 전화기는 산 사람들의 하고 싶은 이야기를 하늘에 있는 사랑하는 사람에게 전해준다. 공중전화를 많이 찾은 사람은 도호쿠 지방의 대지진으로 갑자기 가족을 잃은 이들이었다. 아빠를 잃은, 아이를 잃은 가족들은 바람이 불고 바다가 보이는 이 공중전화 부스에서, 듣는 사람도 없는 수화기를 든다. 그리고 처음에는 어색해하기도 하고, 싫어하기도 하다가 이내 말문이 터지자 믿을 수 없을 정도로 몰입해서 하고 싶은 말들을 토해 낸다. 바다가 보이는 언덕에 덩그러니 놓은 전화기로 떠난 가족과 대화할 수 없다는 건 누구나 알지만, 화면으로 보이는 바다와 바람이 부는 언덕은 왠지 정말로 그 말들을 하늘에 있는 사람에게 전해줄 것만 같았다.

자연이 주는 힘이 있다. 가상공간을 인위적인 것으로 채우기보다는 자연을 닮아야 한다고 생각했다. 멀리 아스라한 풍경이 보이고, 벌레 소리가 들려오고, 버드나무 가지들이 흔들리는 공간을 계속 머릿속으로 그려 나갔다. 나연엄마의 인터뷰를 듣자 나연이가 나무 블록을 갖고 노는 광경이 생생하게 떠올랐다. 실제 나무 블록 놀이터는 운영 중단 상태였지만, 나무 블록이 있는 공간은 여러 각도에서 촬영해 참고했다. 그리고 만남의 첫 장면에 등장하도록 계획을 세웠다.

공간을 결정하면 이야기의 많은 부분을 결정할 수 있다. 우리는 이야기에서 만약 나연이가 처음부터 블록이 쌓인 뒤편에서 블록을 가지고 놀고 있다면 어떨까를 생각했다. 태연하게, 아무렇지도 않게, 마치 그곳에 그냥 있는 어떤 하루처럼. 그리고 나연엄마가 그곳이 어디인지를 바로 알아차리고, 과거의 기억을 선명히 떠올릴 수 있다면… 블록이 쌓인 뒤편에서 나연이의 노랫소리가 들려오고, 엄마가 이끌리듯 다가섰을 때 아이가 안기려고 달려온다면…

나연엄마가 건넨 나연이의 짧은 영상들 가운데 가장 마음을 치는 영상이 있었다. 어린이집 통학 차량에서 내린 아이가 엄마를 발견하고 활짝 웃더니, 마구 달려와서 그대로 폭 뛰어드는 모습. 와락! 저녁의 따뜻한 햇볕 속에서 카메라가 흔들렸다. 아이를 키운 경험이 있으면 보자마자 아는 그 느낌. 아이가 품 안에 뛰어드는 그 느낌. 아이들은 별 이유도 없이 엄마와 아빠를 보면 달려와 안기지 않던가. 넘어질 만큼 앞뒤 생각 안 하고 온몸을 던져서 품 안에 뛰어드는 아이를 안는 느낌을 어떻게든 만들고 싶었다. 엄마에게 그런 순간을 체험하게 해주고 싶었다. 새로운 기술을 적용하는 프로젝트는 일단 쓰고 고치는 과정의 연속이다. 구체적인 장면을 상상하고, 실현하고, 무수한 시행착오를 겪으며 가능한 것과 불가능한 것을 구분하는 과정이기도 하다. 이런 목표는 어떨까. '아이를 안아볼 수 있을까?'를 가능하게 하는 것.

그러나 생각보다 메타버스 안에서 어떤 디테일한 장면이 가능한지, 어떻게 디테일한 장면을 구현할지에 대한 축적된 데이터와 레퍼런스가 적었다. 우리는 너무나 당연해서 깊이 생각해보지 않은 이 세상의 디테일한 한 장면을 목표로 삼고 그게 가능한지 시도해야 했다. '이런 건 될까?'라는 물음을 던지는 것이다.

실제 세상에서 사람이 하는 기본적인 동작들이나 다른 사람과 감정을 교류할 때 하는 사소한 행동들을 구현하는 일은 쉽지 않았다. 아무렇지도 않은 장면도 자세히 들여다볼수록 복잡하고, 따라서 아무도 시도하지 않은 것들이 많았다. '메타버스 안에서 밥을 먹을 수 있을까?', '메타버스에서 가려운 곳을 긁을 수 있을까?' 등등 아주 사소하고 기본적인 상상도 불가능에 가깝다는 것을 알게 되었다. 그러나 아직 해보지 않은 것이 많은 빈 땅이다. 사소한 장면들을 흉내 내보는 경험이 쌓여야 메타버스를 진지하게 대할 수 있을 것이다. 메타버스의 구현을 시도하면서 우리는 '그곳은 아직 결정된 것이 없는 빈 땅이므로, 새로운 땅에 깃발을 꽂듯이 누구나 자신만의 아이디어와 노하우를 남길 수 있지 않을까?'라고 생각했다.

우리가 그곳에 꽂을 단 하나의 깃발이 있다면 이것이었다. '아이를 안 아볼 수 있을까?'

가상 현실에서 촉감을 표현할 방법을 찾아보았다. 그러나 시제품 영상만 덩그러니 띄우고는 투자를 유도하는 곳이 많았다. 아직은 가상 현실 안에서 촉감을 구현하는 방법이 멀어 보였다. 그리고 장비가 너무 복잡해지면 시작부터 감정에 영향을 줄 수 있었다.

슈팅 게임에서 총을 맞는 등의 충격을 구현하는 수트 개발 업체를 찾았다. 아이가 뛰어들어 안길 때 진동이 느껴지면 도움이 될 것 같았다. 그러나 수트는 가슴팍에 두꺼운 소재가 들어가야 했고, 분위기와도 어울리지 않았다. 그래도 장갑은 유용했다. 촉감까지는 구현할 수 없어 아쉬웠지만, 장갑의 센서와 가상공간의 위치를 정확히 일치시키면 손을 뻗어 뭔가를 하거나, 다양한 일이 일어나게 할 수 있을 것 같았다.

카이스트에서 로봇공학을 연구하는 차영수 박사 연구소와 같이 방법을 찾아보기도 했다. 차영수 박사팀은 뜨거워지거나 차가워질 수 있는 말랑말랑한 소자를 장갑 안쪽에 부착해서 체험자가 가상 현실에서 물체를 만질 때 온도를 느끼는 방법을 개발하고 있었다. 장갑과 몸에 온도 소자를 부착하면 아이를 안거나 손을 댈 때 따뜻한 느낌을 줄 수 있을 것이다. 테스트해보니 따뜻한 느낌이 나쁘지 않았다. 그러나 최종 리허설에서 불안정한 요소가 있어 뺐다. 아쉬운 부분이다.

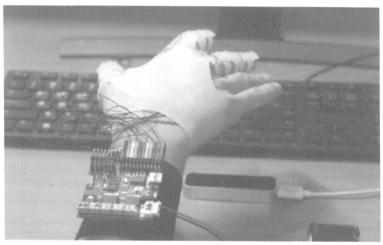

말랑말랑한 소재에 박막을 삽입한 VR 장갑은 온도를 변화시킬 수 있다.

안는 것이 불가능하다면 손을 맞잡게 하는 건 어떨까? 〈버디 VR〉에서는 손으로 많은 것을 할 수 있다. 그중에서 손을 뻗었을 때 생쥐가 마치 아이처럼 손에 머리를 살짝 기대는 애교 섞인 동작이 떠올랐다. 정말 마음에 들었던 표현이다. 그렇게 엄마와 감정을 교류할 수 있는 행동이라면 무엇이든 상상하고 테스트해보았다.

걷는 것도 중요했다. 다행히 MBC의 그린 스튜디오는 꽤 넓다. 이 공간을 최대한 활용하면 그래도 체험자가 자유롭게 움직이며 공간 속에 있다는 느낌에 몰입할 수 있을 것 같았다. 무선 HMD를 쓰고 약 4×6미터 정

프리비즈(Pre Visualization, 미리 흐름을 보는 것)에서
손을 맞잡는 것을 테스트하는 제작진. 아직 미완성이다.

도의 공간을 돌아다니는 테스트를 계속했다. 불안정하긴 했지만, 이론적
으로 체험자가 예닐곱 발짝씩은 걸을 수 있었다. 그래서 우리는 체험자가
몇 발짝씩 움직일 수 있도록 정교하게 동선을 짠 스토리를 구성했다. 구체
적으로 나연엄마가 시작할 지점에서 약 3미터 떨어진 지점에 나무 블록
더미를 만들고, 그 뒤에서 아이가 노래를 부르다가 뛰어나와 만나는 시퀀
스를 만들었다. 또, 가상공간과 실제 공간이 매핑(Mapping)되면 소품을 놓
아두는 게 가능하다. 가상 의자가 놓인 위치에 초록색으로 칠한 실제 의
자를 정확하게 놓으면 체험자가 실제로 앉을 수 있는 것이다. 그러면 체험

자의 몰입도가 높아진다. 우리는 HMD를 쓰고 미완성인 가상 현실 속을 돌아다니며 대략의 공간과 동선을 체크했다. 소중한 경험이었다.

결론적으로, 나연엄마가 나연이를 실제로 안는 느낌은 완전하게 구현하지 못했다. 그러나 돌이켜보면 불가능한 목표를 더듬어 구현하는 과정에서 많은 것을 얻은 것 같다.

#목소리

엄마가 아이를 만나면 무엇을 할까? 우리는 즐거운 일을 해야 한다고 생각했다. 아주 평범하고 행복한 순간을 만들고 싶었다. 그러나 그게 무엇인지는 점차 알 수 없었다. 꿈일 수도, 사이코드라마일 수도, 나중에 누군가 말한 디지털 공간에서 망자를 부르는 굿이라고 할 수도 있겠다. 그것이 무엇이든 한순간이라도 행복한 기억으로 돌아가길 바랐다. 잠시라도 아이와 함께 놀고, 단 한 번이라도 웃을 수 있으면 어떨까. 그런데 여기에는 대화를 어떻게 할 것인지의 문제가 있었다. 가상의 존재가 말을 할 수 있을까?

가상의 존재가 말을 하게 된다면 해결해야 할 일은 두 배가 된다. 정확히 두 가지 문제가 있었다. 첫째, '나연엄마가 기억하는 그 목소리를 비슷하게 만들 수 있을까'라는 기술적 문제. 둘째, '가상의 존재가 말을 하게 된다면 인격이 더 담기게 되는데 이를 자의적으로 창조하는 게 맞는 것일까'의 윤리적 문제. 대사를 창조한다는 건 조심스러웠다.

나연이의 음성은 영상 속에 2분 정도가 담겨 있었다. 깨끗하게 녹음되지 않았고, 놀면서 짧게 말하는 게 대다수였다. 이 정도의 소스로 가능할지 의문이었지만, 지나치게 복잡한 말을 제한하고, 목소리를 어느 정도 비슷하게 만든다면 윤리적인 문제를 거스르지 않는 선에서 만남을 더 풍부하게 해 줄 거라는 판단이 들었다. 영상 속에 아이의 짧은 말 중 가장 귀에 꽂히는 것은 당연히 "엄마!" 하고 외치는 약간 허스키한 목소리였다. 적어도 "엄마!"라는 소리는 들을 수 있어야 할 것 아닌가.

고인의 목소리를 복원하는 사례가 많아지고 있다. 그러나 배우나 가수의 목소리는 깨끗한 소스가 많아 복원이 어렵지 않은 반면, 우리의 경우는 조금 힘들다. 일반인은 깨끗한 목소리 데이터가 거의 없고, 말투 또한 일상적이기 때문이다. AI를 활용해 목소리를 만드는 유망 스타트업 M사를 찾았다. M사는 기획안을 보고, 어렵지만 어떻게든 해보자고 동의해 주었다. 과정은 이렇다.

부족한 데이터를 일단 평균적인 사람의 데이터로 채운다. 비슷한 또래의 아이들을 섭외해 여러 가지 말들, 수백 개의 문장을 읽게 한다. 이렇게 어느 정도 데이터 풀(Data pool)을 만들고 나서, AI로 데이터 풀과 나연이의 실제 목소리를 비교한다. 그렇게 몇 달을 필요한 대사의 말투와 톤을 닮게 하는 과정을 거친다. 한번에 음색이 바로 입력되는 일은 없었다. 완성된 대사를 계속 비교하고 학습하며 나연이의 목소리와 닮은 최대 근사치를 찾아야 했다. 말하자면, AI에게 이 목소리를 모사해보라고 던져주는 느낌이었다. AI를 활용하는 작업은 VFX를 사용해 닮은 외모를 만드는 일보다 훨씬 불확실했다.

그런데 아이와 엄마가 실제로 대화하는 것이 가능할까? 이건 불가능하다. 몇 달 안에 스스로 생각하고 표현하는 인격을 만드는 것은 가능하

또래 아이 수백 명의 목소리를 녹음해 기본 데이터를 만들었다.

지도 않고, 그 인격을 만들기 위한 데이터도 부족하다. 그래서 대화하는 느낌을 주고자 일정 순서를 배치하고, 상호 작용에 따른 선택지를 구성했다. 물론, 엄마는 할 말이 마음속에 가득할 것이다. 그래서 일방적인 게 아니라 대화하는 듯한 느낌 속에서 엄마가 하고 싶은 말을 다 할 수 있게 하기 위해 노력했다.

어떤 말을 주고받고, 어떻게 다음 단계로 이어지게 할 것인지를 구성하는 데는 오랜 시간이 걸렸다. 짧은 대화, 약속된 흐름, 상호 작용(손을 뻗고 반응하거나, '이걸 해봐'라는 제안을 받고 움직이거나) 같은 순서로 번갈아가며, 자연스럽고 자유롭게 움직인다는 느낌이 들도록 했다. 현재의 기술 수준에서는 약속된 플레이와 체험자의 자유로운 의지를 번갈아 배치해 자연스러운 세상처럼 느끼게 하는 스토리텔링이 중요하다. 10년 후쯤에는 이런 스토리텔링 없이도 인격을 가진 누군가와 함께 자유롭게 살아볼 수 있는 메타버스가 가능해질까? 그때 다시 〈너를 만났다〉를 보면 웃음이 나올 수도 있겠다. 그래도 나는 가능한 방법을 다 동원해 프로그램을 만들었다. 대화까지는 불가능해도 나연엄마가 마음속의 말을 다 토해 낼 수 있는 체험이면 충분하다. 그녀는 하늘을 보면서도 대화하는 사람이 아닌가.

방송 후 많은 시청자가 가상의 나연이가 하는 말 하나하나를 음미하고, 각각 다른 부분에서 받은 강한 느낌을 이야기하는 것을 보고 깜짝 놀랐다. 그렇게까지 자세히 들여다보고 반응할지 몰랐어서 감사하고 놀라웠다. 아무리 감동을 주기 위해 무언가를 만들어도 결과물을 완성해 주는 것은 관객이라는 생각이 든다. 특히 새로운 기술을 적용한 새로운 기획에서는 매번 윤리적인 부분과 체험자의 마음을 생각해야 한다. 겸손해야 한다.

우리가 택한 원칙은 '나연이가 어떤 아이였는지를 깊이 생각하되, 엄마가 자주 들었던 말과 아주 일상적이어서 누구나 할 만한 말의 범위를 넘어가지 말자'였다. 아이가 엄마에게 하는 공통의 말은 무엇일까? '엄마, 이리 와 봐', '엄마, 뭐 해?', '엄마, 어디가?', '엄마, 놀아줘', '엄마, 나 졸려' 같은 것들일 것이다. 아이를 키우며 일상에서 듣는 아이다운 말들. 남아 있는 나연이의 동영상 속에서 볼 수 있는 아이다운 말투의 짧은 말들. 아주 일반적이고도, 엄마라면 듣는 순간 몸이 움직이는 그런 말들. 우리는 이 범주에 드는 말들에 많이 개입하지 않았다. 또, 아이가 아플 때의 기억은 나연엄마에게 아픔으로 남았다. 그래서 천진하고 건강한 아이의 일상적인 목소리가 들리면 좋겠다고 생각했다.

처음에 나연이가 "엄마!"하고 부르며 뛰어나온다는 데는 모두 동의했으나, "엄마, 어디 있었어?"라는 한마디로 가기까지는 정말 오래 걸렸다. 놀다가 잠시 엄마가 안 보여서 어디 있었냐는 듯한 그런 말… 지금 돌이켜보면 사실 녹화 현장에서 두 존재의 대화가 어땠는지 기억이 나지 않는다. 현장이 너무 치열해서였는지 모든 게 띄엄띄엄 기억난다. 현장에서 사운드는 나연엄마가 쓴 HMD로만 들어왔고, 모두 숨죽이고 있었기에 고요했다. 그런데 "엄마, 어디 있었어?"라는 아이의 말에, "엄마, 항상…!" 하고 차마 다음 말을 잇지 못하는 순간, 모든 것이 진짜가 되어버렸다.

엄마, 어디 있었어?
엄마, 항상…

06

가상 현실을
만드는 여름 。

이야기를 만들면서 계속 나연이의 버츄얼 휴먼을 완성해 나
갔다. 나연이만의 표정을 구현한 다음 피부톤과 눈매, 볼과 입술 등의 특징
을 구현하고, 소품은 나연이가 평소 좋아해 자주 착용하던 것을 구현했다.

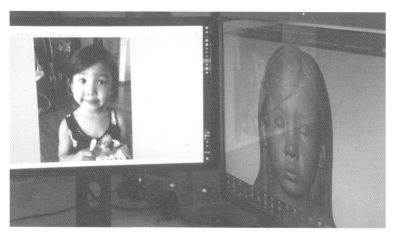

사진을 보며 나연이 특유의 표정을 구현한 뒤
피부톤, 눈매, 볼, 입술의 생김새를 완성해 나갔다.

하루는 촬영하고, 다음 날은 콘셉트 회의와 제작 진척 과정을 확인하
고, 또 다음 날은 누군가와 미팅하고… 그렇게 시간이 흘렀다. 관객에게 감
동을 줄 수 있는지 확신할 수 없어 괴로운 시간이었다. TV조선의 〈미스트
롯〉이 대박 나던 때였다. 어떤 동료는 뜬구름 잡지 말고 '트로트가 뭐길래'

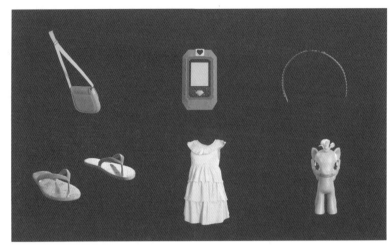

나연이가 가장 좋아하던 소품을 착용해, 엄마가 기억하는 모습으로 만날 수 있도록 했다.

같은 걸 하라며 혀를 끌끌 찼다. 다 포기하고 트로트 다큐멘터리를 했으면 어땠을까. 이상하게도 프로젝트에 깊숙이 파고들수록 우리가 하는 일을 설명하고 이해시키기가 힘들었다. 가상 현실 속에서 카메라 워킹을 달리 한다는 게 뭔지, 동선을 짜고 AI로 대화를 만들어 어디에 다다른다는 건지. 복도에서 마주친 본부장이 도대체 무엇을 하고 있느냐 묻길래, 신나게 어쩌고저쩌고 설명했다. 그러자 본부장은 알쏭달쏭한 표정을 짓고는 '지금이라도 접는 게 어떠냐, 지금까지 들어간 비용은 매몰 처리해주겠다'라고 했다. 그때 포기했다면 어땠을까.

시간과 돈을 쓰면서 이런 훌륭한 조언을 듣다 보면 정말 그만두고 싶어진다. 그러나 지금까지 PD로 살아온 바에 따르면, 이런 조언에는 웃으면서 적당히 넘어가는 게 낫다. (내 의견만 맞다는 게 아니라) 어차피 아무도 당사자만큼 깊이 생각하지 않기 때문이다. 결과가 좋지 않을 때 '그럴 줄 알았다'라고 말하는 건 누구나 할 수 있다. 그러나 그런 말만 하다가 죽을 수는 없지 않은가? 해볼 수 있는 것들, 우주에서 실현될지도 모를 가능성을 보는 것이 더 중요하지 않을까 싶다. 뭐 하나라도 실현하려면 몸을 움직여야 하는데, 하지 말라는 사람이 해보라는 사람의 열 배는 된다. 그러니 모든 조언에는 그냥 "감사합니다" 하고 넘어가면 된다. 끈기가 필요하다. 남들이 뭐라고 해도 어떤 장면을 믿고 가는 용기가 필요하다.

이쪽 세상에서 저쪽 세상으로 접속하는 장면, 아이와 껴안거나 손을 맞잡는 장면을 상상하며 조금씩 앞으로 나아갔다. 그다음은 뭘까? 아픈 기억이지만 적어도 이 만남에서만큼은 어둡고 슬프게만 표현하지 말자고 의견을 모았다. 그렇다면 생일은 어떨까? 생일을 생각한 건 나연엄마가 평소 아이가 간 날을 '천국 생일'이라고 표현했기도 했고, 무엇보다 미역국 때문이기도 했다.

미역국을 제일 좋아했거든요. 납골당에도 미역국 모형을 넣어줬는데...

PD: 아, 그래서...

미역국을 끓여주면 사발을 이렇게 얼굴에 대고 마셔요. 그리고 나서 엄마한테 따봉을 날려주는... 그거 받으려고 제가 열심히 미역 볶아서 해줬거든요. 우리 집 애들이 다 미역국을 좋아했지만, 진짜 나연이가 미역국을 좋아해서 자주 끓였거든요. 미역국은 좀 끓여요, 제가. 다른 건 못 하는데...

납골당에 있는 작은 미역국 모형이 그런 뜻이었구나. 휴대폰 영상에도 있었다. 미역국을 볼이 터지도록 복스럽게 한 그릇 싹싹 긁어 먹고는, 바닥을 내보이며 "엄마, 더 주세요!"하는 아이.

어느 촬영 날, 나연엄마가 미역국을 가득 끓여서 세 아이의 저녁을 차리고는 지친 표정으로 소파에 앉아 있는 것을 보았다. 아이들은 다 미역국을 잘 먹었다. 그때 그 짧은 영상 속의 달그락거리는 소리와 더 달라고 하는 나연이의 목소리가 들려오는 것 같았다. 따봉을 하는 장면은 사진으로만 남았다. 그 따봉을 하는 아이의 작은 엄지손가락이 얼마나 예쁘던지. 무엇을 해야 할지 알 수 있었다. 미역국, 따봉, 둘만의 생일 파티로 생각이 이어졌다.

단 한 번이라도 나연엄마에게 미역국을 먹고 따봉을 날리는 아이를 보여줄 수 있다면 어떨까. 그걸 바라보는 엄마의 표정은 어떨까. 같이 생일 케이크 앞에서 촛불을 불고 노래 부를 수 있다면 어떨까. 아프지만 한편으로는 약간 웃음이 나올 수도 있을 것 같았다. 이런 톤을 찾는 게 중요했다. '무엇을 하는 것인가?'라는 물음에 '이런 것. 가상 현실 속의 미역국과 따봉 같은 것을 준비하고 있다'라는 답을 조금씩 할 수 있게 되었다.

'아팠던 모습은 재현하지 않기, 좋은 기억으로 만들기, 엄마가 하고 싶은 말을 할 기회를 주기'라는 대원칙으로 '탄생'이라는 모티브를 잡고는, 노을공원에서의 만남 그다음 장면을 만들어 나갔다. 그래서 공원에서 하늘로 올라간 뒤 어딘가에 있는, 나연이의 공간을 구현하기로 했다. 아이가 가장 좋아하는 연보라색을 사용했다. 그곳은 천국도 어디도 아니지만, 사람이라면 누구나 한 번쯤 생각해본 '세상을 떠난 사랑하는 사람이 기다리고 있는 공간이다. 사후 세계를 표현했냐고 묻는다면, 잘 모르겠다. '그냥 아이가 이렇게 있다면 어떨까'를 생각하고, 나연엄마도 이런 생각을 한 번쯤 하지 않았을까 싶은 곳이라고 말하고 싶다. 아이가 좋아하는 것들이 모여 있는 그곳에서, 납골당에 든 알록달록한 장난감들을 갖고 노는 아이를 조심스럽게 상상했다. 여기까지가 제작진 스스로가 허락한 가장 멀리 나간 상상이다.

언니와 신나게 타고 놀던 목마를 나연이의 공간에 구현했다.
트와일라잇 캐릭터는 나연이의 친구로 활약했다.

가상 체험 스토리텔링에서 가장 중요한 것 중의 하나는 상호 작용이다. 가상 세계에서 손으로 무언가를 주고받고, 눈을 맞추는 것은 현실감을 증증폭시킨다. 아무리 배경을 잘 만들어도 상호 작용이 있어야 그 시간을 '살아볼 수' 있다고 생각한다.

몇 달 동안 체험 시나리오에 매달렸다. 피곤해서 누우면 여섯 살 난 딸이 놀아달라고 떼썼다. 나연이 또래의 딸아이를 보자 낮 동안 고민하던 내용이 계속 떠올랐다. 딸과 놀아줄 때도 머릿속으로 어떤 상호 작용을 자연스럽게 녹일지를 생각했다. 나연이와 나연엄마 사이에는 어떤 상호 작용을 구현할 수 있을까? 어떻게 해야 마음에 와닿을까?

딸아이는 집 앞 숲길을 산책할 때면, 신나게 주위를 관찰하고는 나무에 매달린 꽃이나 이파리를 보고 "아빠, 저거 따줘"라고 말하곤 했다. 이런 것들을 하나하나 기억했다가 휴대폰 메모장에 정리했다. 이를테면, 그 공간에 나무가 있고, 높이 매달린 꽃을 보고 엄마에게 "따줘"라고 말하면 애써 까치발을 하는 엄마… 아이에게 꽃잎을 건넸을 때 아이가 환하게 웃는다면 어떨까? 벌레가 나타나면 "아빠~" 하면서 잡아달라고 찡그리는 딸아이의 행동도 유심히 관찰했다. 이렇게 여러 가지 아이디어를 축적하고 회의 때 꺼내놓았다. 가상공간에서 아이가 '이것 좀 해줘' 혹은 '엄마, 이거 어떡해'를 말하고, 엄마가 이에 반응하는 과정이 있으면 감정을 축적할 수 있을 거로 생각했다.

생일 파티에 관해 회의하면서 미역국은 꼭 있어야 할 요소라고 판단했다. 실시간으로 액체를 표현하는 것은 굉장히 어려운 기술이다. VFX 팀은 난색을 보였다. 그래도 밀어붙였다. VR 최초 미역국! 케이크를 앞에 두고 엄마가 건넬 물건도 자연스럽게 정해졌다. 일곱 개가 되도록 한 해도 빠짐없이 챙겼을 초. 그 초를 꽂고 불이 켜지면 함께 손뼉을 치면서 사진을 찍는 장면을 생각했다. "너무 복잡한데요" VR 제작 감독은 디테일이 추가될수록 머리를 싸맸다. 복잡한 건 여기까지만 하겠다며 감독을 달랬다. 액체를 마시는 동작, 기억하는 모습과 똑같은 따봉, 초를 건네고 꽂는 동작 그리고 항상 들고 다니던 쥬쥬폰으로 엄마를 찍는 아이. 하나하나 너무나 평범하고 사소했지만 그래서 매우 어려운 미션이었다. 가장 마음에 드는 대사는 "엄마, 우리 생일 파티할까?", "엄마, 이거 꽂아줘" 같은 것들이었다. 이 정도라면 가족들이 웃음을 지을 수 있지 않을까. 이런 세계관에 푹 빠져 어떤 시퀀스가 어색한지 등을 판단할 수 없을 정도였다.

많지 않은 대사를 정하고 나서 음성합성 작업을 시작했다. 그러나 AI를 동원한 음성합성 작업은 완벽하지 않았다. 기계음이 들어가거나, 전혀 비슷하지 않거나, 깨진 소리가 수도 없이 나왔다. 적은 양의 소스로 구현할 수 있는 음성합성은 가장 나중에 완성될 기술이라는 생각이 들 정도였다. 급한 대로 나연이의 목소리와 비슷한 대사를 추출하고, 프리비즈를 만들어 전체 흐름을 시각화한 영상을 공유했다. 그 순서와 위치 등만 알 수 있는 시퀀스 영상을 보면서 기물의 배치, 체험자의 동선, 타이밍, 상호 작용 등을 점검했다.

음성합성 업체와 회의를 하고 돌아오는 차 안에서 제목을 생각했다. 사실 그때까지도 'VR 휴먼다큐멘터리'라는 제목만 있었다. VR을 활용한 콘텐츠임을 선점하기 위한 준비였다. 그러나 조금 더 감성적인 한마디, 깃발 같은 카피가 필요했다.

제목을 정하는 것은 항상 어렵다. 차 안에서 왜 '너를 만났다'라는 말이 튀어나왔을까. 옆에서 힘들어하는 조연출에게 "이 제목 어때?" 하고 말하는 순간, 조연출의 눈이 동그래졌다. 오! 그 리액션 덕분에 제목이 결정되었다. 이 프로젝트를 시작하면서 수없이 생각한 기억과 시간, 죽음에 대한 것들이 어쩌면 이 제목 안에 다 들어 있다는 생각도 든다. 하늘에 있는 가족을 다시 '만나는' 프로젝트. 그리고 더 큰 의미는 사랑하는 사람과 유한한 시간 동안 살아가는 것에 있다. '너랑 함께한 기억들의 총합'. 이것이 결국 인생이며, 각자의 시작점과 끝점은 다르지만 겹치는 짧은 그 시간 동안 사랑하는 사람에게 서로의 존재를 남긴다고 생각했다.

테드 창의 SF 소설 《당신 인생의 이야기》를 원작으로 한 드니 빌뇌브 감독의 〈컨텍트〉라는 영화가 있다. 어느 날 갑자기 등장한 외계인들의 방문에 지구는 난리가 난다. 그리고 그들과의 소통을 위해 언어학자인 주인공이 투입된다. 주인공은 복잡한 그래픽으로 된 외계인들의 언어를 조금씩 이해하며 문득 외계의 언어에는 시작과 끝이라는 개념과 시간이라는 개념이 없다는 걸 깨닫는다. 그래서 원인과 결과 없이 모든 일이 '그렇게 되도록 되어 있는 것'에 대해 알게 된다. 사랑하는 사람과 결혼하는 것도, 아이를 낳아 자신의 존재보다 더 사랑하게 된다는 것도, 그 아이를 사고로 잃게 되는 것도 모두 한눈에 보면 같이 존재하는 일이 되는 것이다. 알쏭달쏭한 이러한 결론에 이르면 죽음도 달리 보인다. 시간이 존재하는 이 세상에서는 이해할 수 없지만, 약간의 위로는 받을 수 있다. 시간이라는 변수를 제외한다면, 나는 너를 만나 같이 있었던 것일 뿐이다. 거기에 죽음이라는 개념은 없다.

사람들이 종종 왜 '너를 만났다'라는 과거형의 제목이냐고 물어왔다. 그때마다 좋은 대답을 생각하려 고민했다. 첫 번째로 나에게 온 아기인 너를 만나고, 또 가상 현실 속에서 아프게 너를 만난다. 그러나 전체적으로 보면, 광대한 우주 속에서 한 존재가 다른 한 존재를 만났다는 것, 그래서 사랑했다는 것. 그뿐이다.

모션 캡처

나연이의 버츄얼 휴먼이 완성되고 있었다. 이제 모션 캡처를 할 차례다. 모션 캡처용 수트를 입은 배우의 동작을 따서 그 데이터로 캐릭터를 움직여야 한다. 이렇게 녹화된 동작 그대로 엄마와 만남이 이루어진다.

동작을 맡은 배우는 아이의 사진과 동영상을 연구하며 의욕적으로 참여해주었다. 모션 캡처 전에 아이를 오랫동안 돌봐주셨던 유치원 선생님을 섭외해 아이의 동작을 세심히 물어보기도 했다. 아이가 어떻게 걷는지, 어떻게 뒤돌아보는지, 어떻게 웃는지 등을 배우가 시연하면 선생님이 수정하는 방식이었다. 조금이라도 더 닮게 만들기 위해 노력했던 시간이다.

나연이의 유치원 선생님은 성심껏 모든 동작을 기억해 우리에게 도움을 주었다. 인터뷰는 한사코 사양했다. 속으로 내내 울고 계셨던 것 같다. 나연이가 달려와 안기는 모습을 묻고 동작을 맞추는데 "이렇게 와서… 앞에 서서는 돌아서, 뒤로 안겼어요". 엄마와 아빠에게 달려오다가 안기기 직전에 삭 돌아서 뒤로 안기는 아이들이 더러 있다. "아, 나연이가 그랬구나" 하는데, 선생님이 참았던 눈물을 흘렸다.

한 사람을 기억하는 것. 방송을 만드는 모든 제작진과 이를 돕는 사람들이 이토록 한마음이었던 적이 없었다. 이 세상에 있던 한 아이를 기억해 내서 엄마의 기억으로 들어가는 이상한 작업. 우리가 뭘 해야 하는지 한 번만 이야기하면 다들 고개를 끄덕이며 최선을 다했다. 다들 감성적이었다 고 할까.

> 그런 것도 있는 것 같고요. 잊고 싶지 않고요. 그냥... 뭐라고 하지... 그 냥... 제 자식이었던 것이 맞고, 저 아니면 사실 남이 우리 나연이를 기억해 줄 일은 없잖아요. 그러니까 제가 기억하고 싶은 것 같아요. 잊지 않고 싶 은 것 같고.

'내가 기억해주지 않으면 이 아이는 세상에 없는 아이가 되니까'라며 기억이 희미해질까 봐 걱정하는 엄마의 말이 내내 머릿속에 남았다. 이 런 말 한마디에 촬영 감독, VR 제작자, 작가, 조연출 모두 순식간에 눈이 촉촉해지며 딴짓하는 척 고개를 돌렸다. 방송을 준비하다가 서로 원수가 되고 싸우기만 했는데, 이런 건 처음이었다.

어느덧 가을이었다. 모션 캡처는 활기찬 분위기에서 진행되었다. 암막 사이로 햇볕이 쏟아져 들어올 때면 수트를 입은 배우가 감성적으로 보였 다. 모션 캡처는 배우의 몸 주요 마디마디마다 부착된 트래커를 통해 움 직임을 데이터화하는 작업이다.

영화 산업에서 모션 캡처가 차지하는 비중이 점차 커지고 있다. 〈반지의 제왕〉에서 골룸을 연기한 배우도 거의 모든 장면을 그린 스튜디오에서 수트를 입은 채 찍었다. 내가 골룸이 되고, 실시간으로 정확한 감정 표현을 할 수 있다면? 그것은 앞으로 메타버스에서 나를 표현하는 아바타에게 일어날 일일 것이다. 간단한 수트를 사서, 유튜브 촬영을 하듯이 화면 앞에서 움직이면 가상공간 안에서 또 다른 나로 사는 것이다. 그러나 아직은 많은 장비와 엄청난 양의 데이터 처리가 필요한 작업이다. 우리는 나연이의 사진과 동영상을 분석해 수없이 리허설한 뒤 배우가 똑같은 동작을 모사하도록 했다. 완전히 똑같을 수는 없지만, 그래도 포인트를 살려서 아이다운 순간의 동작을 할 수 있도록 진행했다.

수없이 연습한 따봉을 캡처하고 있다.

온종일 첫 등장, 엄마와 손을 맞잡기, 뛰어다니고 누워서 얘기하는 등의 동작을 작업했다. 이제 곧 가족을 맞이할 수 있겠구나 싶었다. 겨울에 혼자 고민하며 VR 체험전을 찾아다니고, 봄에 VFX 파트너를 만나 의기투합하고, 여름에서 가을로 가는 동안 아름다운 가족을 들여다보았다. '세상에 없는 뭔가를 만들어 한 사람을 위로하겠다며 셀 수 없을 만큼 많은 버전의 회의와 만남을 가졌다. 모션 캡처까지 마치니 벌써 11월, 추웠다.

그때만 해도 메타버스란 말이 이렇게 유행할 줄 몰랐다. 미래에는 이런 작업을 혼자서도 빠르게 할 수 있는 툴이 개발되지 않을까.

체험을 중계하는 것: 가능성

"VR 버전도 만들 수 있어?" 처음에 많이 들은 말이다. TV 프로그램이지만 HMD를 쓰고 볼 수 있도록 할 수 있겠느냐고 말이다. 원소스 멀티유즈. EBS에서 공룡 다큐멘터리 일부를 VR 버전으로 만든 것을 본 적이 있다. 히말라야에 가서 VR 카메라로 360도 영상을 찍어왔다면 그걸 방송에도 틀고, VR 플랫폼에도 올릴 수 있을 것이다. 그러나 〈너를 만났다〉는 완전히 다른 얘기다. 'VR을 체험하는 사람을 보는 것'이기 때문이다. 사실 체험만 한다면 HMD만 있어도 문제가 없다. HMD를 쓰면 주위를 둘러보면서 자신의 시각을 가질 수 있다. 그러나 우리는 이 체험을 전달해야 한다. 카메라로 엄마와 가상 현실 속 아이를 함께 찍어 시청자가 볼 수 있어야 한다. 날씨 방송 등에서 쓰고 있는 크로마키 합성으로는 이 체험을 담을 수 없다. 현재 방식은 고정된 카메라에서만 합성이 제대로 되기 때문이다. 체험을 전달하려면 카메라맨이 직접 가상 현실 속으로 들어가는 수밖에 없었다. 시선을 자유자재로 바꾸면서 체험자와 가상 인물 사이의 패닝, 포커스 인아웃이 자유롭게 가능하길 바랐다. 감정을 담기 때문에 필요한 일이다. 사람의 이야기였고, 결국 두 사람 사이에서 일어나는 일을 제대로 담는 것이 중요했다. 전통적인 TV 휴먼 다큐멘터리에서 찍는 방식으로 두 사람 사이에 벌어지는 일을 팔로우해야 그 느낌을 전달할 수 있다고 생각했다.

카메라에 가상 현실 속 오브제를 연동시켜 촬영한다.

MBC 교양국에서 오랫동안 사람의 이야기를 찍어왔기에 결정적일 때 핸드헬드로, 롱 테이크로 담는 그림이 관계성을 잘 보여준다는 것을 알고 있었다. 익숙한 '휴먼 다큐멘터리'라는 형식을 최대한 가상 현실 속에서 구현하고자 했다. 또 이렇게 하기 위해서는 적어도 한 대의 카메라는 실시간으로 합성되면서 줌 인과 줌 아웃할때 가상공간까지도 실재하는 물체처럼 포커스를 맞출 수 있어야 했다.

VR 업계에서는 고민해보지 않은 촬영 기법일 것 같다. VR을 소비하는 체험자 1인을 위한 시점만 제공하면 되기 때문이다. 그러나 최근 콘서트를 보면 AR(증강현실)을 더해 가상의 캐릭터를 현장의 공연과 실시간 합성하는 사례가 많아졌다. 덕분에 많은 사람이 실재와 가상 현실을 동시에 볼 수 있다. 그만큼 가상 현실을 리얼하게 합성해 중계하는 기술이 발전하기도 했다.

어떻게 찍을 것인지는 MBC VFX 팀의 이성구 팀장과 논의하며, 가상 현실과 실제 인물(나연엄마)의 합성 장면을 방송의 문법으로 찍어야 한다고 설명했다. 카메라 워킹의 필요성을 이해한 이성구 팀장은 최근의 기술 동향과 카메라에 부착할 수 있는 솔루션을 소개해주었다. 그렇게 실시간 으로 카메라 워킹까지 합성할 수 있는 솔루션 '제로 덴시티'를 제공하는 업체를 만났다. 적은 금액에도 불구하고 도와준 것은 우리의 프로젝트에 공감했기에 가능했을 것이다. 감사하다. 이 솔루션을 적용하기 위한 전문 트래킹 업체도 적극적으로 합류해주었다. 그린 스튜디오의 천장에 수백 장의 반사 스티커를 붙여 카메라에 부착된 장치에서 쏘는 적외선을 반사 해 GPS처럼 위치를 파악할 수 있도록 했다. 이렇게 하면 그 정보 값이 카 메라와 연동되어 체험자와 똑같은 가상 현실을 볼 수 있게 된다. 카메라 에 부착된 작은 모니터로는 실시간으로 합성된 화면을 리턴 받을 수 있 다. 즉, HMD를 쓰지 않았을 뿐 카메라맨 역시 가상 세계에 접속해 나연 엄마와 똑같은 가상 세계의 아이를 보며 팔로우할 수 있다.

이덕훈 감독은 가상 세계에 최초로 투입되는 카메라맨일 것이다. "오 늘 장소는 어디예요?"라고 물으면 "가상 노을공원입니다. 출연자는 실제 인물 1인, 가상 인물 1인입니다"라고 말할 수 있겠다. 이덕훈 감독은 동선 과 감정을 반복해서 연습했다. 테이크2가 없는, 단 한 번의 촬영이다. 우 리는 많은 시행착오를 거쳐 MBC의 그린 스튜디오에서 준비한 VR을 얹 어 실시간으로 합성할 수 있는 환경을 조성했다.

그 사이에서 새로운 미학을 발견하기도 했다. 프로젝트는 방송에 VR 을 도입한 것이지만, 결과적으로는 VR 콘텐츠에 방송의 문법을 도입한 셈이다. 현실을 찍는 방송의 모든 것이 가상 현실 안에서 가능하다면 어 떨까? 단체 미팅이나 여행, 낚시, 스포츠 같은 활동이 가상 현실 안에서

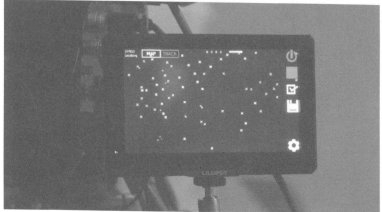

그린 스튜디오의 천장에 반사 스티커를 붙이고 카메라에 적외선을 쏘는 장치를 달면 위치를 파악할 수 있다. 모니터로는 실시간으로 가상 현실의 배경을 들여다보며 팔로우한다.

가능하다면, 그 활동을 담은 중계도 가능할 것이다. 이 부분의 가능성이 크다고 본다. 초현실적인 공간에서 가상의 인간, 공룡, 괴물들을 따라다니면서 〈무한도전〉을 찍을 수 있다면? HMD를 쓴 카메라맨 10명이 투입되어 4명의 캐릭터를 팔로우한다면? 다양한 모험을 구현할 수 있지 않을까. 이런 상상도 더는 꿈이 아니다.

。

07

D-day 。

　　사람의 이야기를 찍는 다큐멘터리는 원래 한 대의 카메라로 긴 시간 동안 끈기 있게 촬영한다. 그러다 보면, 찍는 사람과 찍히는 사람 간에 관계가 생기고, 찍히는 사람의 오래 숨겨두었던 마음이나 드러나지 않았던 것들이 담기기 마련이다. 그러나 이 프로젝트는 단 하루의 체험이 결합해 있다. 가상 현실 속에서 하늘에 있는 가족을 만나는 그날, 디데이가 정해져 있다. 많은 카메라와 제작비가 동원되고 짧은 시간 안에 압축된 이야기를 뽑아내는 예능 촬영에 가깝다. 완전히 다른 두 장르를 합친 하이브리드 장르라고 할 수 있겠다.

　　촬영 전날, 리허설에서 계속 문제가 발생했다. 상용화된 서비스가 아니어서 너무 불안정했고, 요소마다 새로 코딩한 프로그램이 필요했다. 수십 명이 서서 즉석에서 회의했다. 내용 준비, 손님맞이 준비, 하드웨어 준비, 시스템 준비… 끝나지 않는 트러블 슈팅의 연속이었다.

　　촬영팀 역시 각자 위치에서 긴장했다. 가장 중요한, 가상 현실에 투입되는 1인은 동선을 완전히 파악해 감정선을 살리는 촬영을 고민하고 있었고, 나머지 카메라들 역시 보이지 않는 곳에서 서로의 위치와 타이밍을 맞추고 있었다. 전체 촬영의 합은 〈쇼! 음악중심〉에서 활약하는 지미집 카메라의 달인 김웅 감독이 지휘해주었다. 이런 현장은 처음이었고, VR 제작팀은 밤새 테스트하느라 남의 회사에서 쪽잠을 잤다.

가상 현실의 사이즈와 좌표가 스튜디오와 정확히 일치해야 한다.

　　체험과 촬영은 실제 공간과 가상공간이 정확히 매칭되어야 가능하
다. 그런데 스케일이 맞지 않았다. 자꾸 가상공간의 사이즈가 너무 크거
나 작고, 위치가 안 맞는 일이 생겼다. 게다가 버츄얼 휴먼과 버츄얼 휴먼
의 동작, 3D로 만들어진 모든 공간, 바람이 불고 해가 지는 등의 정보 값
을 담은 데이터가 엄청나게 무거웠다. 이런 데이터를 무선으로 주고받으

려니 갑자기 끊기거나 에러가 발생했다. 세상을 정교하게 표현할수록 데이터양은 폭증한다. 디지털 세상이 아날로그 세상을 모사하려니 당연한 일이다. 메타버스를 상상하려면 거대한 데이터를 무리 없이 돌아가게 하는 환경이 뒷받침되어야 할 것이다. 처음에는 마음껏 상상하고 공감되는 스토리를 만드는 제작진과 프로덕션 매니저의 역할이 컸다면, 뒤로 갈수록 프로그래머와 엔지니어의 역할이 커졌다. 어떻게든 프로그램이 실행되도록 해준 VR 제작 스튜디오의 기술 담당자들과 MBC VFX 팀, 버츄얼 스튜디오의 기술팀에게 감사하다.

촬영 전날 잠을 설쳤다. 아이를 생각했다. 아무 상관없는 내가 인연이 되어 어떻게든 엄마를 초대하려 하고 있다. 방송 일은 참 신기하다. 나는 다른 사람의 인생을 들여다보고, 다른 사람은 자기 인생의 한때를 내어주고… 오래 일하다 보면, 찍는 동안이든 방송 이후든 서로 좋은 기억으로 남는 것이 일 순위라는 것을 알게 된다. 방송 결과보다 마음이 쓰인다. 기획하고 진행하는 내내 하늘에 있는 나연이에게 미안하고 민망했다. 이렇게 너의 얼굴, 표정, 기억을 되살리는 것을 이해해달라고 하고 싶었다. 가족이 가슴 아파하는 걸 지켜보았다고, 깊이 생각하고 있다고, 그러니까 엄마를 만나보라고. 그렇게 말하고 싶었다.

우리가 준비한 공간은 부조정실이 바로 이어진 MBC의 버츄얼 스튜디오다. 스튜디오에 가족을 초대하면 우리가 부조정실에서 지켜볼 수 있다. 나연엄마는 홀로 어두운 버츄얼 스튜디오로 들어서게 된다.

드디어 나연이 가족이 왔다. 가족은, 마음의 준비를 마친 후 무언가를 속삭이며 생소한 장비를 쓰는 엄마를 지켜보았다. 하늘에 있는 아이를 생각하기도 하고, 이제 그만 놓아주라는 주변의 말들, 그 말들을 3년 동안 들으며 혼자서 우는 엄마와 아내를 지켜볼 것이다.

병원을 촬영하다 보면 수술실에 들어가는 순간이 가장 극적이라는 걸 알게 된다. 무력하게 누워 있는 이의 손을 잡고, 의사에게 잘 부탁드린다고 말하고, 손을 놓을 때. 이제 할 수 있는 게 없는 순간. 오히려 누워 있는 이가 가족을 안심시키고, 수술실 문이 닫히며 가족이 돌아서는 순간. 가족이란 그런 게 아닐까? 직장 동료는 일해보자고 모이는 사이지만, 가족은 어쩔 수 없이 일어나는 일을 함께 견디는 사이다. 나연엄마도 가족과 함께 있다가 긴장한 얼굴로 스튜디오에 들어섰다. 이제 자기 날것의 기억과 감정을 마주해야 한다. 혼자서.

어두운 스튜디오에 들어선 나연엄마는 스튜디오에 가득한 장치와 사람들을 보고 더 긴장한 것 같았다. 이게 뭐라고, 정말로 딸이 오는 것처럼 떨고 있었다.

나연엄마 장지성 씨가 긴장한 얼굴로 스튜디오에 들어왔다.

이것만큼은 좀 자랑스러웠는데, HMD, 그 이상해 보이는 장비를 쓰는 순간을 정말 감정적으로 느끼게끔 만들었다는 것이다. HMD에 감정을 부여한 장면은 처음일 것이다. 그런데 나중에 보니, 기껏 기억 속으로 들어가는 엄마를 보면서 아이들은 깔깔 웃고 있었다. "오, 신기해" 이러면서. 심지어 우리는 노을공원에서의 첫 장면에 나비가 날아와 나연엄마의 손에 앉도록(그리고 나비가 동선을 자연스럽게 유도할 수 있도록) 연출했는데, 이 순간에도 아이들은 화면 속에서 나비를 찾는 엄마를 보며 "나비를 보시오. 왜 안 보시오"라고 하고 있었다. 야… 이거 진지한 장면인데…. 아이들 덕분에 좋았다. 그냥 신기한 걸 보듯이 아무렇지도 않은, 아이들의 싱싱한 얼굴이 어른들보다 훨씬 좋았다. 그리고 그날 우리가 본 것은…

가상 세계로 접속을 시작하는 순간. 빛나는 공에 손을 대면 기억 속으로 들어가게 된다.

그동안 숱하게 스스로 물어왔다. 아이와 엄마가 만나는 장면이 어떤 그림일지, 어떤 느낌일지. 끝없이 상상하고 구현하려 애썼다. 생각해보면 그동안 굉장히 일희일비했다. 모든 일이 잘될 것 같은 날에는 지나가는 사람들의 모습이 내 상상 속 한 장면처럼 느껴졌다. 우리가 사는 세상의 시간이 일시에 멈추고, 그 속에서 단 두 사람만 움직여 서로에게 다가가는 장면이다. 상상 속에서도 그 아름다움에 마음이 아팠다. 이런 생각을 잠들기 전까지 하다 보면 거의 망상으로 변하고, 흐뭇하기까지 했다. 그러나 아침이 오면 모든 것을 망칠 것만 같았다. CG를 중간 점검했을 때의 실망감, 계속 스케일이 맞지 않았던 것, 웃음 표현이 잘 안 되었던 것, 목소리를 구현하는 데 절반쯤 실패한 것, 모션 캡처한 움직임이 생각보다 부드럽지 않았던 것, 엄마가 아이를 알아보고 다가가고 싶을지, 또는 실망할지…

그렇게 모든 시간이 흘러 "쌀, 쌀, 쌀을 곱게 빻아서…" 가상 현실 속 나연이의 노랫소리를 따라 엄마가 나연이를 만났다. 그 순간 스튜디오에 있는 모두 숨소리조차 낼 수 없었다.

이 순간을 위해 몇 달을 달려왔다. 예측하고, 계획하고, 다음 행동을 유도하는 세심한 스토리텔링을 정성껏 차렸지만, 알게 되었다. 그냥 처음부터 엄마의 이야기였다는 것을. 우리가 만든 장면은 거의 귀여울 정도로 느껴진 반면, 나연이를 안아보려는 엄마의 손과 팔이 허공을 가를 때는 숨이 막혀왔다. 우리가 참 쉽게도 하는 말, 사랑이라고 부르는 것의 실체를 들여다본 것 같았다. 부끄러워하지도 주저하지도 않는, 말이 아니라 몸이 먼저 가는 그런 사랑을.

한 번 안아볼 수 있게 하고 싶어서 갖은 수를 썼다. 촉감을 구현하는 수트, 상호 작용을 위한 장갑, 눈맞춤을 위한 시나리오, 손을 맞대면 온도가 올라가는 센서 등 어떻게 하면 껴안는 것과 비슷한 느낌을 줄지 고민해왔고, 좌절했다. 그러나 중요한 건 그게 아니었다. 메타버스에서든 실감 콘텐츠에서든 무엇이 가능할지는 정확히 예상할 수 없다. 어차피 모두가 비슷비슷한 예측을 하고 준비한다. 그러나 그 선을 넘으면서, 아주 작은 디테일에 매달려 애쓰다 보면 처음 예상과 다른 어딘가에 어떻게든가 닿게 된다. 그리고 알게 된다. 모든 것을 통제할 수 없더라도 처음의 마음만 잃지 않으면, 결국 손에 쥐는 작은 것이 있다는 것을.

"나연아, 나연이 잘 있지? 엄마 나연이 보고 싶었어…" 나연엄마는 처음에는 조심히 걸음을 뗐지만, 1분 정도 후에는 그 세계에 몰입해 "한 번만 안아보고 싶어"라고 말했다.

이쪽 세상과 저쪽 세상을 결합하려고 애써도, 결국 두 세계가 나뉘어 있다는 것이 아프게 드러날 때. 엉거주춤하게 아이를 향해 자세를 낮춘

엄마가 허공의 아이를 쓰다듬고 껴안으려 할 때. 이미 우리는 가상 현실이 아니라 진짜 감정과 기억 속에 들어와 있다는 걸 알게 된다.

항상 아이의 뼛가루를 담은 목걸이를 하고 다니고, 가족끼리 어디를 가든 아이의 사진을 들고 다니고, 가족사진을 함께 찍으며 '너랑 같이 왔다'라고 속삭이고, 혹시 다음 생이 있다면 나를 알아보지 못할까 봐 팔에 아이의 이름과 생일을 새겼다는 엄마. 이제 그만하라는 말에 시무룩하게 속으로 삭인 그 감정들을 날것으로 지켜보았다. 그리고 나연이와 생일 케이크에 초를 꽂고, 웃으면서 생일 축하 노래를 부르고, 뛰어노는 아이를 지켜보다가 또 편지를 읽고 잠들어가는 아이를 지켜보는 모습을 보았다.

무엇보다 엄마가 한순간이라도 웃어서 좋았다. 부조정실에서 지켜보던 가족들도 젖은 눈으로 웃었다. PD로서 '이런 걸 하고 싶었던 거야'라는 생각이 들었다. 나연엄마가 현실에서 눈물을 많이 흘리니까, 한순간이라도 아이와 테이블에 앉아서 알록달록한 생일상을 놓고 웃었으면 했다. 잠깐이지만 그 순간은 동화처럼 느껴졌다.

그러나 많은 사람이 두려워하는 지점이기도 할 것이다. 넷플릭스 시리즈 〈블랙 미러〉와 같은 어두운 미래의 모습을 떠올리며, 마치 약물에 중독되듯이 가상 현실 안의 행복에 중독되어 현실로 빠져나오지 못할 거라는 의견이 많았다. 감동적으로 봐준 이들이 많지만, 그런 의견도 있을 수 있다. 판타지적 요소를 많이 뺐어도 반짝이는 장난감이 놓여 있고, 아이가 좋아하는 트와일라잇이 뛰어노는 공간이 있었다. 저런 곳이 어딘가 있을 것 같다는 생각이 들고, 나라도 오랫동안 저곳에 더 있고 싶어질지 모르겠다는 생각이 들었다. 훗날 '오랫동안 머무는 메타버스'라는 게 생긴다면 어떤 일이 벌어질까? 일시적으로 접속하는 서비스가 아니라, 실제 세상과 동등한 비율의 시간을 투자하는 세계가 있다면? 그때는 또 다른 이야기를 해야 할 것이다.

그러나 우리가 시도한 아름다운 장면이 나연엄마가 중독될 만큼의 완성도는 아니었던 것 같다. 진짜라는 생각이 들 정도는 아니었다. 그래서 다행이었을까? 이런 논의는 조금 더 세심히, 정성껏 이어졌으면 좋겠다는 생각이 든다. 메타버스를 놓고 결국은 '왜'라는 질문과 '좋은 일을 할 수 있으니까'라는 대답이 나왔으면 한다. '어디까지가 맞는 건데?'라는 토론이 이어져야 할 것이다.

'한 사람을 위한 체험'을 만들었던 이유는 무엇이었나. 너무 급하게 가 버려서 "네가 있어서 행복했다"라는 말조차 하지 못했다는 엄마가 할 말을 다 토해 낼 수 있도록 하는 것도 기획 의도에 포함했었다. 순간순간

나연이의 세계에서 꿈 같은 한때를 보내고 있다.

따봉을 하는 나연이를 보고 "아직도"라면서 웃는 장지성 씨

엄마는 하고 싶은 말을 했던 것 같다.

마지막을 어떻게 끝내야 할지에 대한 고민도 했다. 아이를 키우다 보면 그렇지 않은가. 낮에는 하도 이것저것 해줘야 하니까 혼자 좀 놀면 좋겠다고 생각하다가, 밤에 자는 아이를 보면 괜히 다가가서 한참을 들여다보게 된다. 자는 아이를 들여다보는 모든 부모를 상상했다. 그렇게 평화로운 느낌으로 조용하게 그 세계에서 나왔으면 좋겠다고 생각했다.

잠들어가는 아이를 바라보며 나연엄마는 그동안 하고 싶었던 말을 많이 했던 것 같다. 오랫동안 간직한 말들이었을 것이다. 3년 만의 짧은 만남, 눈물, 즐거운 시간을 거친 엄마가 누운 아이의 얼굴을 바라보며 차분히 말했다. "나연아. 엄마는 나연이를 정말 사랑해. 나연이가 어디에 있든, 엄마는 나연이 찾으러 갈 거야. 엄마는 아직 해야 할 일이 있어서 그것들을 다 마치고 나면 나연이에게 갈게. 그때, 그때 우리 둘이 잘 지내자" 그리고 "잘 가" 하고 HMD를 벗으면, 다시 어두운 그린 스튜디오.

이런 경험을 하기 직전 인간의 얼굴 그리고 막 마치고 난 인간의 얼굴을 보면, '살아 있는 것이 무엇인가'라는 생각을 하지 않을 수가 없다. 엄마는 정말로 한참 동안 아무 말 없이 서 있었다. 앞에 몇 대의 카메라와 수많은 제작진이 있어도 신경 쓰지 않았다. 눈물에 젖은 나연엄마는 다시 조금은 시무룩해진 표정이었지만 "그래도 나오니까 좋더라고요" 하면서 웃어주었다.

현장에서는 몰랐는데, 편집하면서 보니 막내가 울 듯 말 듯한 알 수 없는 표정을 짓고 있었다. 처음에는 마냥 신기해하며 웃기만 했는데, 끝날 때는 이 상황을 이해하는 것 같기도 하고 아닌 것 같기도 하고. 납골당에 가면 죽음이라는 걸 모르는 아이처럼 뛰어다니기만 했는데, 현장에서 아이는 "엄만 울어서 좋겠다. 난 울지도 못하는데"라고 말하고 있었다. 너무 놀랐다. 언니를 다시 볼 수 없다는 걸 자기식대로 이해한 건가 싶어 한참이나 먹먹했다.

모든 과정이 끝나고 그린 스튜디오에 불이 켜지자 안도의 한숨이 나왔다. 얼굴과 손에 땀이 가득했고 그제야 주변 제작진들을 돌아보던 기억이 난다. 다들 밤을 새워서 정신이 없는 와중에 눈물 젖은 눈으로 서로를 바라보았다. 그리고 안도의 웃음을 보이며 상투적인 그 한마디 "수고하셨습니다"를 웅얼거렸다. 정말 많은 사람이 고생했다. 연출팀, VR 제작팀, 합성패키지 팀, 촬영팀, 부조정실의 스튜디오 진행팀… 꼭 영화를 다 찍은 사람들의 장면 같았다.

내가 가장 좋아하는 순간은 스튜디오에 불이 켜지고 부조정실에서 지켜보던 가족이 문을 열고 들어왔을 때다. 딱히 의도한 건 아니었고 그냥 혼자서 그런 경험을 한 엄마에게 가족이 와야 뭔가 마무리가 되니까 그랬다. 아이들은 신기해하는 눈빛으로, 엄마를 위로하듯 다가가 안겼다. 엄마는 그제야 다시 아이를 키우는 사람의 표정으로 돌아간다. 아이들과 부대끼고 혼내기도 하는, 사랑하는 그런 일상의 표정으로.

아이들은 초록색 천을 두르고는 투명망토를 뒤집어쓴 것처럼 합성되는 화면 속 자기 모습을 보고 신나서 뛰어다녔다. 아까까지만 해도 울더니… 가족들은 그렇게 서로 껴안고 꾸벅 인사하고 집으로 돌아갔다. 방송 일하는 동안 또 이런 경험을 할 수 있을까 싶은 날이었다.

08   음악 。

     아름다운 촬영을 마치고, 관객에게 선보이기 위해 편집을 하고 나면 삽입할 곡을 찾을 차례다. 음악 이야기를 하지 않을 수가 없다. 다큐멘터리 PD들은 원래 음악에 관심이 많다. 그런데 나는 음악을 잘 모른다. 이런 내가 음악을 통해 얻고자 하는 건 단순했다. 기존의 다큐멘터리보다 더 감성적이면서도 함부로 감정에 선행하지 않는 것이었다. 화면에 맞춘 게 아니라 원래 그 자리에 있는 것 같았으면 했다. 스며들어서 사람의 마음을 만져주길 바랐다.

     많은 검색 끝에 전진희 감독을 만났다. 결과적으로 전진희 감독은 "Please name of the song?"이라며 많은 나라의 사람이 궁금해하는 곡을 찾고, 작곡해주었다. 편집하던 날 밤이 생각난다. 우리는 하이라이트 부분인 나연엄마가 허공을 더듬으며 아이를 껴안는 부분에 삽입할 곡을 결정하지 못하고 있었다. 후보에는 조금 더 직접적인 '사랑'이라는 말이 들어가는 곡도 있었고, 감정이 격해지는 곡도 있었다. 다 마음에 차지 않았다. 자정이 넘었는데도 쉽게 오케이라는 말이 나오지 않았다. 자존심 강한 전진희 감독도 뭐 이런 사람이 있나 하는 표정으로 점점 눈빛에 분노가 담기는 것이 보였다. 땀을 흘리며 모른척했다. 밤새 연출, 조연출, 음악 감독 셋이서 화면에 수십 곡을 맞춰보았다. 그러다가 전진희 감독이 "아! 생각났어요!" 하고 곡 하나를 추천했다. 강아솔의 'Dear'이라는 곡이었다. 음악을 맞춘 화면을 보고는 셋 다 아무 말 하지 못했다. 부끄럽지만, 그 화면에 담긴 감정을 견딜 수 없었다. 밖에 나가 한참이나 찬 공기를 쐬었다.

사랑

사랑하는 그대를 나 기억해요

우리의 사랑을 기억하는

사람들은 언젠가 모두 사라지겠죠

그래서 나 노래해요

영원히라 믿는 노래로 그대를

_강아솔 'Dear'

'어떻게 이런 음악과 가사가 있지?'라는 생각이 들었다. 마치 하늘에 있는 가족을 가상 현실에서 잠시 만난다는 이 프로젝트를 위해 기다린 노래 같았다. 우리 둘의 일을 아는 모든 사람이 사라진다는 것은, 시간이 흐르고 지금 이 지구의 모든 사람도 죽고 없어지는 것… 우주의 나이에 비하면 인간의 삶이 얼마나 짧은지, 이상하게도 기억에 관해 생각할수록 시간에 대해 생각하게 되었다. 'Dear'는 이 프로젝트를 진행하며 생각했던 시간과 기억에 대한 느낌을 너무나 짧은 가사로 잘 표현하고 있었다. 내가 기억하는 너, 우리가 사랑한 너랑 나 둘의 기억만큼은 영원하다는 것… 아주 나직하고 고요하게 읊조리듯 한 소리가 이렇게 마음을 움직일 수 있다는 것도 알았다.

〈너를 만났다〉의 테마곡은 두 곡이다. 강아솔의 'Dear'와 전진희의

'우리의 사랑은 여름이었지'. '우리의 사랑은 여름이었지'는 짧은 만남 후 "잘 가"라고 말하는 엄마가 디지털로 표현한 하늘을 보고 현실로 나온 뒤에 흐른다. 이 노래는 프로젝트의 마지막, 한바탕 울고나서 담담하게 현실을 받아들이고, 그럼에도 불구하고 살아가는 것에 대한 은유로 들렸다. 하고 싶은 이야기이기도 했다.

초록빛 계절엔 네가 생각나
우리의 사랑은 여름이었지
단 한 번만 단 한 번만
너를 볼 수 있다면
그 여름 우리를 좀 더 담아 올 텐데
다시 한번 선명하게
사랑할 수 있을까
푸르른 그날의 우리들처럼
우리의 사랑은 여름이었지

_전진희, '우리의 사랑은 여름이었지'

조용하게 치유하지만, 영원히 기억하는 삶에 대해 생각했다. 나연엄마가 말한 대로 그녀는 늙겠지. 여름이 지나고 가을이랑 겨울이 오듯이… 애들은 크고, 치매를 걱정하는 나이가 되면, 그 아이에 대한 기억을 잃을까 봐 걱정되겠지. 그래도 엄마가 "그때 만나서 잘 지내자"라고 말한 것처럼, 어쩌면 평화롭게 뭔가를 기다리게 되지 않을까. 그때쯤의 나연엄마는 2019년과 2020년에 걸쳐서 했던 이 이벤트를 어떻게 생각할까.

너를 만났다

시즌2
로망스 。

방송 이후 한동안 국내외 언론의 취재가 계속되었다. '프로그램으로 관심받는다는 게 이런거구나' 싶었다. 그간 대표작이라고 할만한 게 많지 않아서, 거의 처음 겪는 일이었다. BBC, NHK, 로이터통신, ABC 등이 프로그램을 취재했고, 도쿄의 한 박물관은 영상 일부를 전시하기도 했다. 상도 좀 받았다. 어쨌든 VR이라는 새로운 기술과 사람의 이야기를 결합했고, 즐겁고 신나게 작업했다는 생각이 들었다. 한 달 정도지나서 나연이의 가족과 밥을 먹었다. 혹시나 상처가 되지 않았을까 걱정되어 마음을 졸였지만, 그래도 아이들이 씩씩해서 마음이 놓였다.

회사에서는 한 번 더 해보면 좋겠다고 했다. '한 번 더'를 생각하니 아찔했다. 파트너사였던 스튜디오는 같은 시도를 더 하고 싶어 하지 않았다. 같이 뭔가를 하려면 더 비즈니스에 가까운 프로젝트여야 했다.

〈너를 만났다〉는 콘텐츠에 목말라 있던 VR 업계에 신선함을 주었다고 본다. VR 업계는 언제나 새로운 콘텐츠가 필요하고, 메타버스 붐으로자본이 많이 유입된 상태다. 활기가 넘치고, 새로운 세상을 준비하고, 한단계 나아가려는 사람이 많다. 그러나 방송국은 그렇지 않다. 회사에서는 어렵게 한 번 해본 것을 당연히 계속할 수 있는 거로 기대했다. 나는 새롭게 파트너사를 구해 모든 것을 제로에서 시작해야 했다. 첫 번째 프로젝트의 느낌을 기대하는 사람들에게 한 번 더 감동을 줄 수 있을지도 부담이었다.

개인적으로는 완전히 다른 분야와의 협업에서 새로운 창조물이 나오는 일이 많아지면 좋겠다. 나도 그런 일을 하고 싶다. 새로운 연결을 통해 감동을 주는 일을 생각하면 가슴이 뛴다. 그러나 가끔은 그런 꿈을 갖기에 방송사가 과연 적합한가 하는 생각도 든다.

〈너를 만났다〉는 분명 많은 사람의 마음을 움직였다. 방송을 접한 많은 사람이 눈물을 흘리고 자신의 이야기를 고백했다. 창작자로서 감사한 일이다. 그러나 방송국 안에는 가상 현실을 결합하는 공정을 이해하려는 사람이 별로 없었다. "난 그런 건 안 본다"라며 관심을 두지 않는 PD를 볼 때는 아쉬웠다. 방송사의 바깥, 특히 기술을 기반한 기업들은 뭐 하나라도 새로운 콘텐츠를 할 수 있을지를 기대한다. 갈수록 지상파를 보는 사람이 적어지는 상황에, 콘텐츠의 형태 자체를 달리하는 일에 대해 다시 생각해볼 필요가 있다.

이 프로젝트를 진행하며 들여다본 바깥세상은 정말 치열하고 신선했다. '가속의 시대'라고들 한다. 매일 새로운 게 나오고 따라가려고 하면 벅차다. 바깥세상인 메타버스에는 이미 큰 자본이 유입되고, 콘텐츠와 서비스를 선점하기 위한 전쟁이 한창이었다. 항상 새로운 것을 시도하는 김태호 PD도 이제 TV가 타사와 경쟁하는 게 아니라, 그 시간에 일반 사람의 집중력을 점유하는 모든 것과 경쟁해야 한다고 말한다. 어려운 일이다. 제로섬 게임에서 빠져나와 어떤 새로운 판에서 사람들의 마음에 닿는 무언가를 만들 수 있다면… 어떻게 하면 사람들에게 좋은 것을 제공하고, 그것으로 지속 가능한 꿈을 꿀 수 있을까? 우물에 갇힌 느낌에 1년 동안의 피로가 몰려왔다.

방송국에도 스타트업과 같은 혁신으로 무장한 사람들이 우르르 들어오면 좋겠다. 개발자, 돌아이, 몽상가가 들어와서 이상한 이야기를 내놓으면 좋겠다. 방송이라는 올드 미디어에서는 아직 시제품 단계의 새로운 것을 어떻게 활용해서 더 큰 분야로 나아갈지에 대해 생각하기가 힘들다. 열린 마음을 갖는 것은 일단 넓은 세상을 보아야 가능하다.

최근 TV조선에서 〈부캐전성시대〉라는 메타버스에서 자신의 아바타로 공연하는 쇼를 선보였다. 박수를 보내고 싶다. 각자의 부캐릭터를 아바타로 만들어서 심사위원들이 볼 수 있는 가상 현실에서 공연하고, 편집을 통한 리액션도 했다. 실시간 합성 기술이 아쉽고 기대보다 인간적인 느낌은 들지 않았지만, 어쨌든 미래를 보고 있다는 생각이 들었다. 앞으로 이런 공연은 굳이 방송의 힘을 빌리지 않고도 즐길 수 있을 것이다. 〈너를 만났다〉 역시 한 사람의 체험을 모두가 지켜볼 수 있는 시스템이 있기에 가능한 프로그램이다. 가상 체험을 중계할 수 있다면 가능한 게 얼마나 많을까?

가상의 공간에서, 누군가의 경험을 몇 대의 카메라로 따라갈 수 있다면. 아름답거나, 무섭거나, 환상적이거나, 역사적이거나. 그렇게 되면 체험자의 경험을 녹화해 작품을 만들 수 있을지 모른다. 개인적으로는 실감 콘텐츠를 이용해서 전시산업이나 교육과 결합해 무언가를 해보면 좋을 것 같다. 더 많은 사람에게 즐거움과 인사이트를 줄 수 있다면, 시사교양

PD도 먹고살 수 있지 않을까? 사람들의 이야기를 찍어온 지금까지의 경험을 "그런 건 시청률이 안 나와"라고 부정하기보다 선하고 좋은 것, 약간의 의미를 주는 것만으로도 괜찮았으면 좋겠다.

프로그램을 마치고 아이와 제주해녀박물관을 찾았다. 그곳에서 나는 VR이나 AR을 결합해 할 수 있는 일들을 상상했다. 예를 들어, 어두운 공간에서 시작해 파도가 치고 바닷속이 느껴지는 영상, 소리, 냄새 등이 나를 감싼다. 그리고 그곳에 한 소녀가 등장한다. 할머니의 이미지로 남은 해녀가 아니라 철없는 소녀가 등장해 한국의 근현대사를 거치며 할머니가 되어간다… 이런 스토리를 평생 함께하는 아름답기도 하고 무섭기도 한 바다의 이미지와 함께 풀어낼 수 있다면. 시간여행 후 두근거리는 마음을 안고 박물관을 나갈 수 있다면 좋겠다. 이런 거, 언젠가는 해볼 수 있지 않을까?

사실 이즈음에는 코로나가 심해지면서 집에 있는 시간이 많아지고, 원격 회의가 일반화되고, 메타버스 관련주가 폭등하고 있었다. 이왕 발을 담갔기에 이머시브 저널리즘(Immersive journalism) 등과 관련한 영상을 유심히 보았다. 실감 기술 영상 중 가장 인기가 많은 것은 아무래도 삼성역 인근의 초대형 전광판에서 틀어주던 '파도'가 아닐까. 삼면이 패널로 된 영상을 통해 입체적인 공간이 연출되고, 그 안의 유리에 갇혀서 파도가 치는 것 같은 느낌을 받는 것이다. 시원했고, 이것이 앞으로의 실감 콘텐츠 기술이 보여주는 어떤 것이라는 생각을 했다. 실제로 제주도 곳곳에 이런 기술을 활용해 꿈 같은 공간을 연출한 전시장이 생겨나고 있다. 1년 사이에 사람들은 누구나 메타버스를 말하기 시작했다.

그러나 이런 가능성은 개인적인 과제로 남겨둔 채 〈너를 만났다〉를 브랜드화하기 위한 시즌2를 제작해야 하는 임무가 주어졌다. 어떤 이야기를 할 수 있을까?

이번에는 MBC의 VFX 팀이 직접 언리얼 엔진을 사용한 가상 현실을 제작하기로 했다. 이미 시즌1에서 일정한 역할을 수행했고, 많은 드라마 VFX를 제작한 경험이 있기에 자신감이 있었다. 이 기회에 MBC의 메타버스 활용 기술을 축적하면 좋을 것이다. 시즌2는 동료인 조윤미 PD와 함께 3부작으로 진행하기로 했다. 프로그램이 알려진 탓에 사례자를 찾는 일은 쉽기도 하고 어렵기도 했다. 선뜻 해보고 싶다는 분이 많았다. 그러나 참여자가 너무 준비되어 있으면 맥이 빠질 수 있기에 시즌1처럼 잘 모르고 참여하는 사례자가 있었으면 했다. 또, 촬영에 가족 모두가 동의하지 않거나, 고인을 VR로 구현하기 위한 사진과 영상이 부족한 문제도 있었다. 그래서 다시 기술적인 준비를 하면서 적당한 사례자를 찾아다녔다. 이야기도 시즌1과는 조금 달랐으면 했다.

두 달 넘게 인연이 되는 출연자를 만나지 못하자, 시즌1부터 함께해오던 최미혜 작가가 자신의 어머니를 모신 추모관에서 찾아보자고 했다. 사랑을 많이 받은 고인은 티가 난다고 했다. 그리고 그곳에서 한 가족을 만났다. 고인의 납골함 주변에는 아이들이 쓴 예쁜 손편지들과 아내를 사랑스럽게 바라보는 남편의 사진이 놓여 있었다. 먼 곳에서도 외롭지 말라고 얘기해주는 듯한 다정함이 느껴졌다. 우리는 추모공원에 성지혜 씨와의 만남을 부탁드렸고, 그렇게 남편 김정수 씨를 만났다. 김정수 씨는 제작진의 연락에 놀라워했다. "지혜가 아이들이 보고 싶어서 왔나 봐요. 제가 잘하고 있는지 보고 싶어서 방송국 분들을 보냈나 봐요." 남편은 이 인연을 운명으로 받아들였다. 〈너를 만났다〉 두 번째 이야기는 한 남자와 한 여자의 이야기가 되었다.

다음은 남편 김정수 씨의 인터뷰를 조윤미 PD가 재구성한 이야기다.

김정수 씨와 다섯 아이들

3년 전, 아내가 암으로 세상을 떠났다. 그리고 다섯 아이가 남았다. 이미 사춘기로 접어든 다 큰 고등학생 첫째와 둘째, 그리고 열세 살, 열한 살의 셋째와 넷째, 아홉 살 막내아들까지. 딸 넷과 아들 하나다. 아내는 마지막 순간까지 "난 애들 걱정은 안 해. 난 오빠가 걱정이야"라고 했다. 왜 그랬을까?

아내가 가고 어느 날 아이들을 태우고 차를 몰다가, 나도 모르게 한강 둔치에 차를 세우고 한참을 있었다. 갑자기 아내 없이 다섯 아이를 키운다는 사실에 숨이 막혔다. 아이들을 태우고 운전대를 잡고는 무슨 짓을 할지 모른다는 생각마저 들었다. 다음 날 바로 차를 팔아버렸다.

처음에는 기도원에 가서 많이 원망했다. 아침에 눈 떴을 때 느껴지는 아내의 빈자리가 가장 힘들었다. 그러나 어느 순간부터 원망은 그만두었다. 애들 다 재우고, 12시에 씻고, 쉬다가 새벽 3시에 취침. 이 생활에 익숙해졌다. 아침에 아이들 밥 먹이고 학교에 보내면, 또 다섯 아이는 쉴 새 없이 전화를 한다. 전화 받느라 정신이 없어서 일하기가 힘들 정도다.

아내는 마지막에 호스피스 병동에 들어갔다가 싫다며 집으로 왔다. 아내는 다른 사람에게 몸을 맡기기 싫어했다. 아내의 배변주머니와 잠자리 시트를 직접 갈아주었다. 아내가 막내 생일날 아픈 몸을 이끌고 케이크를 사 오자고 했다. 그때 아내는 이미 고개를 들기도 힘든 상태였다. 아내는 기어이 휠체어를 타고 동네 빵집에 갔다. 추워서 목도리와 두꺼운 옷을 칭칭 감아야 했다. 아내가 케이크를 골랐다. 아내와 함께 막내 생일파티를 했다.
그리고 이틀 후였다. 새벽에 눈을 떠보니 말도 못 하고 움직이지도 못하던 아내가 침대에 앉아 있었다. '왜 일어났냐'라고 하면서 안아줬더니, 그대로 눈을 감았다. 품 안에서. 마지막 숨이 들렸다. 눕히고 한참 동안 아내를 쳐다봤다. 원래 통통해서 못 들었는데 그때는 너무 가벼웠다. 첫째만 깨워 마지막 모습을 보여주었다.

우리는 서로 많이 좋아했다. 2002년 크리스마스이브 날 미팅으로 처음 만나서 연애를 시작했다. 6개월 만에 첫째 임신, 속도위반으로 결혼했다. 그래서 신혼여행을 못 간 게 아쉽다. 아내는 내가 팔베개해주는 걸 좋아했다. 더울 때나 추울 때나, 우리는 항상 안고 잤다. 잠에서 깨면 항상 팔 위에 아내가 있었다. 아내는 씩씩한 여자였다. 같이 영어학원을 운영하기도 하고, 인터넷 쇼핑몰을 하기도 했다. 다섯 아이를 키우면서도 자기 일을 하고 싶어 했다. 나 때문에 아내는 꿈을 펼치지 못한 걸까.

처음 암이라는 걸 알았을 때 아내는 덤덤했고, 나는 왜 갑자기 이런 게 우리한테 왔는지 모르겠다며 큰 소리로 울었다. 아내는 그런 나를 토닥토닥하며 괜찮다고, 다 이겨낼 수 있다고, 걱정하지 말라고 했다. 정말 그럴 것만 같았다.

우리 집 아이들은 엄마 이야기를 하지 않는다. 처음부터 없었던 사람처럼. 아내에 대한 기억도 조금씩 흐려진다. 아이들이 아내를 아예 잊는 건 아닐까? 너희 엄마 멋진 여자였다고 말해주고 싶다. 다섯 아이 모두에게 모유 수유하고도 멀쩡하고, 손재주도 좋아서 머리핀도 직접 만들어 사업도 했다. 그런데 첫째 딸이 VR로 아내를 만나보는 걸 반대한다. 절대 안 된다고. 엄마 그림자라도 보고 싶다고 애들한테 말했다. 그리고 아이폰 사주는 것으로 겨우 달랬다. 얘들아, 엄마를 기억해줘.

제작

정수 씨와 아이들을 만나서 촬영을 시작했다. 다 큰 딸들은 자기 방을 안 찍는 조건으로 촬영을 허락했다. 그리고 현장 촬영을 담당한 조윤미 PD는 카메라가 있으나 없으나 싸우는 사춘기 아이들에게 금방 빠져들었다. 아빠 혼자 키우는 네 딸과 막내아들의 이야기는 그냥 휴먼 다큐멘터리로만 봐도 시트콤 같은 분위기가 있었다. 그러나 거기에 빈자리 하나, 고민을 들어주고 보살펴줘야 할 엄마가 없었다. 엄마 이야기는 전혀 하지 않고 계속 툭탁거리는 아이들의 모습에 아련한 느낌이 있었다.

씩씩한 아내, 의지할 수 있는 아내였다고 했다. 암이라는 걸 알았을 때도 남편을 달래주던 아내였다. 이번에 가상공간에서 아내를 만나게 될 남편은 아내에게 무슨 이야기를 하고 싶을까. 다섯 아이를 키우면서 '정말 힘들었다고. 나 잘하고 있냐고' 말하고 싶지 않을까. 아무에게도 이런 말을 하지 못하고, 참고 살았다면.

두 사람이 연애하던 때 주고받던 알콩달콩한 편지를 보고 제작진 모두 꺅 소리를 질렀다. 지금은 사라진 90년대 감성이 담긴 연애편지였다. '오빠의 심장 소리를 듣고 싶어서 오빠 셔츠의 두 번째 단추가 되고 싶은'

아이들이 엄마의 연애편지 노트를 꺼내 읽고 있다.

젊은 시절의 지혜 씨가 넘치는 사랑을 드러내고 있었다. 저런 민망한 단어를 주고받던 순수한 시절이 있었다.

갑자기 아이가 생기고 '우리가 좋은 부모가 될 수 있을까'를 고민하는 편지에서는 알 수 없는 미래를 두고 서로의 손만 꼭 잡은 젊은 두 남녀가 떠올랐다. 미래를 알지 못하는 한 남자와 한 여자, 둘은 손잡고 눈을 맞추며 행복한 미래만을 꿈꾸고 있었다.

우리는 정수 씨 가족에게서 결혼식 비디오 영상을 받았다. 젊고 아름다운 신부가 그야말로 눈부시게 웃고 있었다. 암 같은 것이 덮칠 거라고 상상하지 못하던 시간 속에서, 신부는 환하게 웃다가 "… 맹세합니까?"라는 질문에 눈빛이 진지해졌다. 그 순간 제작진 모두 말할 수 없는 감정에 사로잡혔다. 신부는 온화하지만 결연한 얼굴로 작게 "네" 하고 대답했다. 남편은 마냥 좋아서 웃고 있었지만, 행복한 미래를 굳게 결심한 듯한 아내 지혜 씨의 표정에 마음이 아팠다. 그리고 긴 시간이 지나 아내는 다섯 아이를 낳고, 남편은 혼자 남게 된다.

〈너를 만났다〉의 핵심 기획 의도는, 시간과 기억이다. 우리는 그 두 단어에 관해 다시 깊이 고민해야 했다. 결혼이란 두 남녀가 합쳐서 사는 인생, 둘이서 함께 만들어가는 기억이다. 여기에서 하나가 떨어져 나가는 것… 〈너를 만났다〉의 또 다른 이야기가 될 수 있을 거라 판단했다.

우리는 프로젝트를 통해 항상 영원함을 표현하고자 한다. 아이들이 기억하지 못하는 엄마의 건강한 모습을 넘어서, 더 오래전 가족의 기원을 마치 입에서 입으로 전해 내려오는 설화처럼 얘기하고 싶었다. 알나리 깔나리로 시작해 영원히 한쪽을 그리워하는 이야기로 끝나는 설화, 아사달과 아사녀를 닮은 이야기. 하나와 하나가 만나서 사랑을 하고, 아이를 낳고 살다가 하나는 가고 하나는 남는다는. 그러나 그런 사랑이 있던 사실만큼은 영원히 기억한다는 이야기를 만들고 싶었다.

고 성지혜 씨가 하늘에 갈 즈음에는 몸무게가 40kg이 되지 않았다. 정수 씨는 막내의 생일 케이크를 사러 가는 지혜 씨를 영상으로 담아놓았다. 휠체어를 타고 빵집에 가서 힘겹게 케이크들을 바라본다. 살이 남지 않은 몸은 이미 휠체어에 기대는 것조차 힘들어 보이지만, 지혜 씨는 기어이 손가락을 들어 저걸로 하자며 막내의 생일 케이크를 직접 고른다. 생일 파티 장면에서는, 막내가 엄마를 안는 모습이 조금 서툴다. 아이들의 리더인 첫째가 "엄마 안아줘야지!"라고 말한다. 그리고 이틀 후에 지혜 씨는 하늘나라로 갔다.

마지막 생일 케이크를 고르는 사람의 마음은 어떤 것일까. 그 새벽에, 진짜로 마지막임을 알고 침대에 일어나 앉은 지혜 씨를 생각해본다. 그리고 퍼뜩 눈을 뜨고 다가가 안아준 남편 정수 씨를 생각한다. 날아갈 듯

가벼워진 몸이라 조심스러웠을 것이다. 두 사람은 바로 지금이라는 것을 알고 오랫동안 껴안았을 것이고, 생명이 빠져나가는 동안 새벽이 왔을 것이다. 그리고 두 사람 사이의 또 한 사람. 그들의 첫 번째 동료가 된 큰딸을 조용히 부른 정수 씨의 마음도 알 것 같다. 첫째가 '난 이제 미음의 정리가 다 되었으니 이런 건 하고 싶지 않다'라고 아빠에게 소리 지른 이유도 이해할 수 있을 것 같다.

> 다른 거 다 떠나서 아내 그림자라도 보고 싶다고. 멀리서라도. 아무 말 없어도 되니까 그거. 나머지 하나는 애들 엄마. 아이들이 엄마에 대해서 조금이라도 알았으면 좋겠어요. 그게 제일 커요. 넷째랑 막내는 엄마에 대한 기억이 없잖아요. 아픈 것밖에. 내가 아직까지도 애들한테 제일 미안한 건 다섯 다... 내가 어떻게든 이제 엄마를 지켜줬어야 하는데 그걸 못했으니까.
> 다른 애들은 엄마를 수백, 수천 번 부를 거예요 하루에. 근데 우리 아이들은 그걸 못하더라고요. 아이들한테 너무 미안하더라고요. 내가 아빠로서, 부를 수 있도록 지켜줬어야 하는데 그걸 내가 못 지켜줬으니까.

아빠는 아이들에게 엄마에 대한 기억을 다시 한번 돌려주고 싶다. 첫째와 둘째에게는 엄마에 대한 기억이 남아 있지만, 둘째, 셋째, 막내에게는 건강했던 엄마의 모습이 희미하다. '엄마가 그랬대'라고 밖에 할 수 없다. 그래서 〈너를 만났다〉에 초대된 이 가족은 '가족의 오래된 뿌리 찾기'가 핵심이다. 엄마이자 아내였던 한 여자에 대한 기억, 그런 사랑이 있었다는 것을 찾는 여정이다. 그렇게 제작진과 함께 아이들의 잊었던 혹은 일부러 감춰두었던 행복한 기억을 찾아가기로 한다.

어떤 공간에서 엄마와 아빠가 다시 만나는 걸 본다. 엄마와 아빠가 사랑해서 우리를 낳고 매일 팔베개하며 살았다는, 크리스마스이브 날에 만나 빛의 속도로 결혼한 남녀의 이야기가 실재했음을, 아이들을 너무나 사랑한 씩씩한 엄마가 있었음을, '아, 정말이구나!'라고 확인하는 과정이 될 것이다.

부제를 '로맨스'로 붙였다. 주변에서는 약간 의아해했다. 그래도 우리는 남녀의 사랑을 표현해야 한다고, 이건 로맨스 장르라고 생각했다. 나연이 이야기에서 미역국과 따봉에 꽂힌 것처럼, 우리는 팔베개에 꽂혔다. 많은 아름다운 이미지를 가지고 회의했다. 주로 영화 〈이터널 선샤인〉의 유명한 장면을 들고 와 제각기 의견을 쏟아냈다. 바닷가에 놓인 침대 위에 짐 캐리와 케이트 윈슬렛이 팔베개하고 누워 있는 장면처럼, 다들 영원한 어떤 것을 만들고자 했다. 마침 그 영화도 '사랑하는 사람의 기억'에

건강했을 때의 모습을 바탕으로 지혜 씨의 버츄얼 휴먼 기본 이미지를 만들었다.

관한 영화다.

버츄얼 휴먼 제작에 들어갔다. 지난번과 달리 사진이 많지는 않았다. 엄마들은 아이 사진을 하루에 수십 장씩도 찍지만, 부모는 자기 사진을 거의 찍지 않는다. 그래서 조금 더 젊은 시절의 사진과 비교하면서 가닥을 잡았다. 하늘나라로 가기 직전의 모습과는 너무 달랐다. 정수 씨는 활기차고 통통했던, 아프기 전의 아내를 보고 싶다고 했다. 이 프로젝트를 극구 반대하던 첫째도 슬그머니 "꼭 해야 한다면, 아프지 않은 엄마의 모습을 보고 싶어요"라고 했다.

아름다움

아름다움을 표현하는 일은 힘들면서도 기술적으로 '리얼하게'에만 몰두하다가 간과되는 부분이다. 나연이 이야기를 세상에 내놓고 나서, '그 만남을 보는 것은 고통스러우면서도 아름다웠다'라는 평을 많이 들었다. 그래서 감동했다고 했다. 의도하든 의도하지 않았든, 아름다움을 느끼는 것이 매우 중요하다는 걸 깨달았다.

VR 같은 몰입 매체에서 일종의 경외감이 느껴지는 순간이 있다. 예를 들어, 언리얼 엔진으로 만든 아주 깨끗한 어떤 공간을 보면, 마음이 차분해지고 명상하는 기분이 든다. 확실히 가상 현실은 다른 차원으로 데려간다는 면에서 정신의학적인 면이 있고, 그 초현실적인 공간을 '아름답게' 표현한다면 체험자의 정서를 강하게 건드릴 수 있다.

미야자키 하야오 감독의 애니메이션을 보면, 만화인데도 불구하고 저런 세상이 정말 어딘가에 있을 것 같고, 그 안에 들어가고 싶어진다. 그리고 그 세계에 사는 존재들의 성격과 관계가 생생하게 느껴진다. 그건 어떤 힘일까? 〈센과 치히로의 행방불명〉을 수십 번 보았다. 초반, 커다란 온천 건물에 불이 켜질 때부터 빨려드는 기분이 들더니 온갖 캐릭터들이 주인공을 도와주려 나설 때는 그냥 그 세계에 있는 것 같은 기분이 들었다. 돌멩이 하나, 풀 한 포기에까지 무언가를 부여하는 거장의 힘 때문에 그 세계가 아름답고 실재하는 것처럼 느껴지는 걸까. 그림만 아름답게 그려서 흉내 내는 것만으로는 그런 느낌을 주기 힘들 것이다.

초기 제안 이미지 중 하나. 로맨틱한 톤을 유지하기로 했다.

장소

우리는 추억의 공간에서 사랑하는 아내를 만나는 남편을 찍기로 했다. 꿈 같은 잠깐의 만남, 견우와 직녀의 만남 같은 단 한 번의 데이트. 그 만남은 분명히 아름답게 표현되어야 한다. 인스타그램 등에서 아름다운 이미지들을 찾아보면서 전체 톤을 잡아 나갔다. 두 사람이 만나는 장소는 쉽게 결정했다. 아내가 투병할 때도 찾았던 월정사 전나무숲길이다.

두 사람이 가장 좋아했던 장소고, 아플 때 한참 동안 둘이서 앉아 있던 그 벤치를 정수 씨는 기억했다.

... 월정사 전나무숲길 가는 길에, 더 쑥 안으로 들어가는 길이거든요. 그냥 거기 벤치에 딱 앉아 있으면 숲에 둘러싸이게 돼요. 호리병 모양으로. 항상 거기 가면 집사람 혼자 앉게 해줘요. 혼자 생각할 수 있게. 아플 때도 그렇고. 나란히 손 붙잡고 걸어갔다 가 또 왔다가 또 갔다가 왔다가...

나무가 쭉 뻗은 숲속에 비밀스러운 벤치가 놓여 있다. 하늘과 함께 숲이 보이고 낮에서 밤으로 바뀌는 아름다운 톤도 가능해서 VFX 팀이 좋아했다. 그곳은 건강할 때 둘이서 같이 걷던 길이다. 두 사람이 그곳에서 '산책'을 할 수 있을까? 이런 디테일한 목표를 하나씩 떠올렸다. 공간을 최대한 활용하면 약 5m 정도를 걸을 수 있어서, 짧게라도 산책할 수 있을지 모르겠다고 생각했다. 풀벌레 소리와 바람결에 나뭇잎 스치는 소리가 들리고, 현실의 공간과 비슷하지만, 현실은 아닌 그곳에서 아내와 손을 잡고 같이 걸었으면 좋겠다.

월정사 전나무숲길을 답사해 수백 장의 사진과 동영상을 찍고, 이를 바탕으로 축소된 드넓은 공간과 그 안의 오브제를 제작해 나갔다. 정수 씨와 다섯 아이의 바닷가 여행에도 동행했다. 일부러 아이들을 월정사 전나무숲에 데려간 아빠가 아이들에게 한참을 설명한다. 그런데 아이들은 엄마와의 기억을 잘 떠올리지 못했다. 첫째도 기억이 어렴풋한지, 비밀스러운 공간에 들어서서야 겨우겨우 아플 때의 엄마가 그곳에 앉아 있었던 것을 기억해 냈다.

우리는 바로 그 장소를 중심으로 두 사람이 만나 결혼하고 헤어질 때까지의 기억을 이야기할 수 있도록, 정수 씨가 하고 싶던 말을 건넬 수 있도록 이야기를 만들어 나갔다. 개인적으로 〈너를 만났다〉의 첫 번째 이야기가 너무 아파서, 이번에는 조금 더 즐겁고 아름다운 추억을 이 가족에게 주고 싶었다.

아내와 찾던 둘 만의 장소 월정사 전나무숲길을 두 사람의 비밀스러운 공간으로 만들었다.

전나무숲길은 점차 현실과 가상의 중간처럼 완성되어 갔다. 그러나 이 공간만으로는 너무 단순했고, 아이들이 알아볼 수 있는 공간도 있었으면 했다. 구현할 공간이 많아지면 VFX의 부담이 커지지만, 자연스럽게 추억을 체험하기 위해서는 의외의 선물도 필요했다. 아이들을 인터뷰하며 공통으로 기억하는 장소를 찾았다. 바로 가장 행복했을 때의 집이다. 그 집은 아내가 침대 위에서 남편의 품에 안겨 떠난 곳이기도 하며, 가장 아픈 추억과 가장 아름다운 추억을 남긴 곳이기도 하다. 아내는 그곳의 베란다에 나가 책 읽기를 좋아했고, 집안일을 마치고 남편과 청경채 볶음에 맥주 한 잔하는 걸 좋아했다고 했다.

건강한 시절의 엄마와 쑥쑥 크는 다섯 아이가 나오는 집 안 배경의 사진을 수없이 확인했다. 조심스럽게 '가장 행복했던 그 집'에서 시작해 월정사의 전나무숲길로 가는 흐름의 시나리오를 구성했다. 베란다에서 아이들 소리가 들려오고, 햇볕이 나무 마루에 비치는 오후 다섯 시쯤의 조용한 집 안을 상상했다. 아이들이 아직 들어오지 않은 집에 남편에 일찍 퇴근해 아내를 만난다면…

사적인 공간의 구현은 메타버스 산업에서 필연적으로 나올 수밖에 없는 강력한 콘텐츠다. 개인의 기억은 장소와 함께 나온다. 우리는 어린 시절 사진 속 집을 보며, 누가 거기에서 장난을 치다가 다쳤고, 내가 여기에서 혼자 사색에 잠겼었고 등의 기억을 떠올리지 않는가. 그래서 우리는 페이스북의 '메모리 프로젝트'처럼, 정수 씨 가족의 옛날 사진을 보며 당시 벽에 붙어 있던 사진, 가구, TV, 장난감… 책상 위에 어지럽게 놓여 있던 그때의 책가방 등의 디테일을 수집했다. 그 책가방에는 엄마가 색실로 수놓아준 이름표가 붙어 있었다고 했다. 아이들은 전나무숲길은 기억하지 못해도, 살던 집에 대해서는 신나게 이야기했다. 엄마의 건강한 모습이 희미한 셋째와 넷째도 그랬다.

베란다! 베란다에 미끄럼틀이 있었거든요. 그거 얼마나 재밌는데요. 다섯 살, 여섯 살 때 엄청 탔다고요. 근데 1학년, 2학년 되자마자 그게 너무 작아져 버린 거예요. 제 키는 엄청 쑥쑥 커 버리고. 그래서 이렇게 웅크리고 탔어요. 그리고 자동차가 있었는데요. 그거는 진짜 재밌었거든요. 또 TV가 있었거든요. 하하하. 그거 고장 나서 우리 못 봤어요. 10년 넘게 있던 건데. 되게 큰 데 그게 리모컨이 안 돼요. 하하하. 켜면 바로 꺼져요. 1분 켜졌다가 꺼져요.

마치 프루스트의 소설에서 마들렌을 먹은 주인공의 기억이 갑자기 촤라락 열리듯이, 베란다 미끄럼틀을 기억한 아이들은 그 집의 구석구석을 기억해 냈다. "아! 거기 실이 되게 많았어요. 꿰맬 때 쓰는 실. 우리 가방이 똑같아서 맨날 자기 거라고 싸우니까…" 아내를 찍은 영상에는 상태가 나빠져 고개를 가누지 못하는 지혜 씨가 초록색 실로 아이의 가방에 이름을 새겨주는 장면이 있었다. 이미 치료를 포기하고 집에 와 있을 때였다. 알록달록한 가방에 힘겹게 겨우 한 글자를 새기고 고개가 꺾인다. 이미 헤어짐을 받아들인 엄마는 막내의 생일 케이크를 고르고, 가방에 색실로 아이의 이름을 새겨주었다.

'로망스'라는 제목을 붙이고 남녀의 이야기로 시작했지만, 곳곳에 아이들의 기억에 남고자 했던 엄마의 의지가 보였다. 아이들은 신나게 그 집의 물건들에 대해 계속 이야기했다. "위에 전등이 너무 예뻤어요. 보석들이 와~ 그리고 거기 주방에 있는 오븐이 제일 좋았는데. 저희가 막 머랭 쿠키도 만들고… 그리고 피아노! 버렸어요. 그거 장난쳐서… 누가 피아노에 물을 부었거든요. 나인가? (웃으며) 범인은 나지. 그 뭐지? 기차놀이 있잖아요. 어린이들이 노는… 그 기차에 얼굴이 그려져 있는 거. 타요! 타요도 재밌었고. 아, 그건 너무 유치한가? 책상도 있었죠. 하얀 색깔, 핑크 색깔…"

아이들이 펼치는 기억이 순수해서 웃음이 나와 마음이 아플 지경이었다. 엄마가 해준 것이나 엄마와 아빠가 함께한 기억들은 전혀 사라지지 않고 장난감으로, 피아노에 물을 부어 혼난 기억으로, 반짝이는 샹들리에를 바라보며 쿠키를 만들던 기억으로 생생히 남아 있었다. 우리는 그 기억을 바탕으로 VR 속에 그 집을 만들었다. 아이들에게 가장 아름다운

아이들이 기억하는 전등을 똑같이 구현했다.

기억으로 들어가는 선물을 주고 싶었다.

지혜 씨가 가장 좋아했던 장소인 베란다. 햇볕이 드는 공간에
아이들이 기억하는 장난감, 미술 과제 등을 연출했다.

집을 구현하는 과정은 고되었지만, 아이들을 생각하면 즐거웠다. 제
작진 모두 비슷한 기억으로 돌아가는 것 같기도 했다. 어린 시절을 생각
하면 살던 집의 냄새나 정경이 어렴풋하면서도 분명하게 떠오르지 않던

가. 젊은 부모님의 촌스러운 모습이 떠오른다. 그때의 사진을 찾아보면 내가 얼마나 어렸는지, 부모님은 또 얼마나 눈부시게 젊었는지를 아프게 깨닫게 된다. 그제야 가장 젊고 아름다운 시간을, 아이를 돌보며 힘들고 아름답게 보낸 한 남자와 한 여자를 생각하게 된다.

남녀의 이야기, 상호 작용, 스킨십

정수 씨와 지혜 씨는 항상 붙어 있었다고 했다. 하루도 빠지지 않고 팔베개하고 잤다고 하니 인터뷰하던 기혼의 조윤미 PD가 "그게 가능해요?"라고 반문했다. 정수 씨는 "가능해요"라며 웃었다. 정말 매일 팔베개하는 부부가 존재하는 것인가.

> 항상 팔베개하고 잤어요. 추울 때나 더울 때나... 네, 어딜 가든 손 붙잡고 다녔어요. 나이 먹어서도 나는 '지혜야'라고 이름 부르고, 아내는 나한테 '오빠'라고 부르고, 남 의식 안 하고 뽀뽀하고, 키스하고, 누가 보든 말든... 안아보고 싶어요. 그게 제일... 안아보면, 딱 안아보면 그냥 알 것 같아요. 손만 잡아도 알 것 같아. 오빠 잘 있으니까 너무 걱정하지 말라고 이제는 오빠가 버틸 수 있으니까 걱정하지 말라고...

아이들은 '항상 뽀뽀하던' 금실 좋은 아빠와 엄마의 모습을 기억했다. 촬영을 반대하면서 속내를 드러내지 않던 첫째와 둘째는 "음~ 내 여자"라며 아빠가 항상 엄마를 껴안고 있었다고 말할 땐 깔깔 웃었다. "으, 징그러워" 하며 엄마와 아빠의 사랑을 즐거워했다.

아이들도 기억하는 부부의 사랑을 뽀뽀와 같은 스킨십으로 흉내 내 볼 수 있을까? 그것도 그리움을 표현할 수 있는 방식으로… 그러나 현실적으로 촉감 구현이 가장 어렵다. 가상 체험에서 몰입감과 감정을 불러일으키는 가장 큰 요소가 '대상과의 상호 작용'이다. 몸짓, 눈 맞춤, 무언가를 건네거나 주고받는 것만으로도 현실적인 감정을 느낄 수 있다. 이번에는 어떤 상호 작용을 통해서 아내를 그리워하는 체험자의 마음을 위로할 수 있을까? 아내를 안아보고 싶은 마음을 어떻게든 비슷하게라도 구현하고 싶었다.

우리는 손과 눈이라는 무기를 가지고 있었다. 장갑과 HMD에 대상(버츄얼 휴먼)이 따라가고 반응할 수 있는 주요 트래커가 부착해 있고, 체험자의 움직임을 반영할 수 있었다. 부부의 사랑을 표현하기 위해 이 무기를 어떤 움직임과 결합할지를 상상했다. 이런 건 아무도 해보지 않은 일이다. 메타버스의 디테일은 여전히 광활한 빈 땅이다. 특히 감정을 표현하는 인간의 영역에 있어서 그렇다.

팔베개를 시도해보기로 했다. 먼저 팔베개가 가능한지 HMD를 쓰고 테스트해보았다. '가상 현실 최초의 팔베개'로 VR의 역사에 기록될 꿈을 안고 더미 모델과 시도해보았다. 일단 기기가 뒤통수까지 연결해 있어서 눕는 게 쉽지 않았다. 시스템의 안정성과 체험자의 심리에도 영향을 미치는 일이었다.

HMD를 착용하고 누워서 팔베개를 테스트했다.

알게 되었다. 아무리 메타버스 붐이어도, 가상 현실에서 눕는 것은 누구도 시도해보지 않았구나. 지금 장비로는 불가능했다. 목에 힘을 주어 자세를 고정할 수는 있겠지만, 이러면 감정을 유지하기 힘들다. 또, 대상이 되는 버츄얼 휴먼이 어깨에 머리를 대는 건 가능하지만, 너무 가까워지는 위험이 있다. 너무 가까워지면 그래픽이 뚫고 나오는 것처럼 보이는 문제가 발생한다. 시간상 세밀한 제어는 불가능하다고 판단했다.

많은 아이디어를 검토하면서 시간을 보냈다. 그러다가 문득, '춤은 어떨까?' 싶었다. 지혜 씨와 정수 씨가 저녁 늦게 맥주 한잔하며 도란도란 하루를 마무리했다는 이야기 때문이었을까? 아니면 어렸을 적 보았던 〈세일러문〉 같은 만화에서, 스텝에 따라 바닥이 반짝이면서 그걸 따라가기만 해도 춤이 완성되는 장면 때문이었을까? 아내와 맥주를 한잔하고, 음악을 틀고, 아주 천천히 춤을 추는 중년의 남자를 상상해보았다. 춤도 아니고 뭣도 아닌, 그냥 천천히 맞춰서 움직이면서 서로 같이 있는 시간을 상상했다. "춤? 민망하잖아" 처음에는 이랬다. 그래도 젊은 시절의 아버지가 거나하게 좋아진 기분에 어머니의 허리를 감고 한두 스텝 밟던 기억… 그러면 어머니는 "주책이야"라며 손을 빼던, 그러면서도 눈은 웃고 있던 장면을 본 것도 같았다. 제작진은 신나게 좋아하는 음악을 쏟아 냈다. 그냥, 아무렇지도 않게 서로 오랫동안 같이 살아서 맞춰진 두 사람을 표현하고 싶었다. 그리고 체험자인 정수 씨에게는 아내와 살을 맞대고 눈을 맞추고 있는 영원한 시간을 경험하게 해주고 싶었다. 지켜보는 아이들이 엄마와 아빠가 주책맞게 사랑한다고 몸으로 말하는 순간을 목격할 수 있다면. 그것도 자유롭게 움직이는 건강한 엄마가.

감정을 다 정리했다던 첫째의 말 때문이기도 했다. "전 제가 강하다고 생각하거든요"라고 말하며 눈물을 주르륵 흘리던 첫째는 그냥 엄마가 건강한 모습으로 나와주면 좋겠다고, 마지막엔 너무 아파서 항상 힘없이 누워 있던 엄마만 봤다고, 이왕 하는 거라면 내가 알던 건강한 엄마를 보고 싶다고 말했다. 이 시퀀스를 실행하는 데 필요한 것은 '어떻게 하면 서로 가깝되 겹치지 않는 간격을 두고 움직일 것인가, 절제하면서 꿈같은 시간을 만들어 낼 수 있는가'였다. 몇 가지 음악을 HMD로 들으면서 춤 비슷한 것을 흉내 내보았다. 가상공간에서 천천히 리듬에 몸을 맞출 때 꽤 몰입감이 느껴졌다.

그렇게 우리는 살던 집에 가서 천천히 숨바꼭질하듯 아내가 등장하고, 안부를 묻고, 춤추며 거실을 한 바퀴 돌고 나서 월정사 전나무숲길로 자연스럽게 이동하는 동선을 짰다. 누군가는 이런 시퀀스를 민망하고 너무 판타지적이라고 하거나, 다큐멘터리가 아니라고 말할 수도 있겠다. 그러나 연출부와 VFX 팀은 진지했다. 시즌1로 세상에 없던 무언가를 창조한 만큼, 이번에는 디테일한 장면일지라도 세상에서 처음 보는 것, 산 사람과 죽은 사람이 손을 맞잡고 춤을 추는 장면을 우리 식으로 창조하고 싶었다.

모션 캡처, 대화

촬영하고 시나리오를 완성하면서 또 시간이 흘렀다. 이번에는 모션 캡처를 할 차례다. 그러나 이번에 할 모션 캡처는 조금 더 감성적이어야 했다. 아이의 천진함과는 다른, '그때의 아내라면 남편을 어떻게 바라볼까?'까지 표현해야 했다. 영화 수준의 자연스러운 표정과 모션 캡처가 필요했다.

모션 캡처에는 우미화 배우가 참여해주었다. 베테랑 배우답게 리허설 내내 이야기를 깊이 있게 이해하고, 거기에 맞춰 동작을 심으려 연습했다. 눈물을 흘리기도 했다. 이것은 영화일까, 체험물일까? 춤 동작은 생각

모션 캡처 리허설을 통해 춤이 가능한지 보고 있다.

보다 자연스러웠고, 몸이 움직이는 체험에 그 시간을 사는 듯한 느낌이 들었다. 눈을 맞추면서 아내와 이야기할 기회를 줄 수 있을 것 같았다.

대사는 KT 인공지능 연구소와 협업하며 남아 있는 지혜 씨의 음성 소스로 비슷한 음성을 만들며 과하지 않게 써 내려갔다. 상상하고 나서 빼기. 이 프로젝트를 하며 익숙해진 과정이다. 상상은 자유롭고 과감하게 그리고 현실적인 느낌을 위해 절제하고 빼기. 그러다 보면 어떤 포인트에서 '그럴 법한' 부분이 생긴다. 정수 씨가 가장 듣고 싶어 한 "오빠!"라는 말로 등장하는 데는 이견이 없었다. 그리고 여기에 "잘 지냈어?", "밥은 먹었고?" 같은 일상적이고 짧은 대사를 넣었다. 고민되는 지점은 아이들에 대한 대사였다. 역시 제작진의 의도가 개입되는 것을 경계하며 톤을 잡아야 했다. 엄마가 부재한 가족의 상황에 맞는, 아이들이 어떻게 지내는지 마치 지켜보고 있던 것처럼 넌지시 던질 수 있는 말, 가족 상담 때 물을 수 있는 공통 질문 같은 말. 그것을 찾아야 했다.

우리는 여러 가족의 인터뷰를 보며, 가장 행복했던 시절의 공통점을 찾아서 지혜 씨가 할 법한 이야기를 찾아보았다. 어려웠다. 그래도 각자의 삶에서 나온 말, 가족들끼리 서로에게 해주고 싶은 말이라면 받아들일 수 있지 않을까. 정수 씨 가족이 가장 행복했던 때는 첫째가 초등학생일 때쯤, 가장 바쁘고 정신없지만 모두 건강하고 행복한 미래를 꿈꾸던 때다. 그래서 "오빠, 생각나?"라는 말로 그때를 부부가 돌이켜볼 수 있게 했다. 이 정도라면 하늘에 있는 지혜 씨도 이해해줄 것 같았다.

첫째가 속마음을 말한 적이 있다. "왜 내가 즐겁고 행복할 때는 엄마 생각을 하지 않다가, 힘들 때만 엄마가 있었으면 좋겠다고 생각하는지.

힘들 때만 하늘에 있는 엄마를 찾는 게 너무 미안하고…" 한창 엄마에게 고민을 털어놓을 시기인 사춘기 아이의 속마음에 우리도 눈물이 났다. 그렇다면 "엄마 생각 마음껏 해" 정도는, 엄마가 말해주어도 괜찮지 않을까. 그건 아빠의 하고 싶은 말이기도 했으므로. 이런 식으로 넘치지 않게, 가족의 인터뷰에서 나온 감정만을 토대로 흐름을 만들었다. 자연스럽게 가족을 위로하는 프로젝트를 만들어야 할 이유를 말할 수 있게 되었다.

사람은 사별을 겪고 슬픔에 잠기지만, 그럼에도 불구하고 할일을 하며 살아간다. 그러나 의지할 수 있는 아내나 남편을 잃을 사람들은 일단 그 삶을 유지하는 것조차 버거울 것이다. 둘이 하던 일을 혼자 해야 한다는 물리적 힘듦도 있다.

촬영분을 보면서도 울다가 웃고, 웃다가 울었다. 테이블에 철없는 셋째와 다 큰 둘째, 아빠가 앉아 있는 장면이었다. 예쁜 셋째가 이유 없이 얼굴이 빨개졌다며 웃자, 아빠와 둘째가 뭔가 심상치 않음을 공유한다. 둘째가 귓속말로 동생에게 이런저런 걸 물어본다. 눈치챈 아빠가 말한다. "쟤 이제 조금 있으면 생리 시작할 것 같은데". 그러자 둘째가 "아빠, 그런 걸 크게 말하면 어떡해. 수치심 느껴"라고 한다. 사춘기를 맞이할 3번 타자를 또 어떻게 돌봐야 할지 아빠는 머리를 싸맨다. 정수 씨 가족은 그렇게 툭탁대면서도 도란도란 가족회의를 진행했다. 딸의 생리는 엄마가 챙겨야 한다는 생각에 안타깝다가도 그 모습이 얼마나 아름답던지. 마치 엄마가 지켜보고 있는 것처럼 느껴졌다. 이 가족은 엄마가 빠진 자리를 서로 메워가며 힘든 시기를 통과할 것이다.

엄마를 보러 납골당에 간 가족들의 모습도 그랬다. 아이들은 절대로 그곳에서 대놓고 슬퍼하지 않았다. 아이들답게 입을 삐죽거리며 농담을 던졌다. 아빠가 "얘들아, 편지 좀 새로 써서 넣어"라고 아무리 말해도 아이들은 "아, 손이 아파요~" 하면서 편지를 못 쓰겠다고 장난만 친다. 깔깔깔 낄낄낄 웃는다. 그러다가 아주 갑자기 정적이 찾아온다. 지금까지 웃고 떠들던 둘째가 갑자기 눈물을 흘리면서 나가버린다. 아, 아이들은 얼마나 순수한지, 형제가 멀찍이 떨어져 울고 있어도 아이들은 쳐다보고 지나갈 뿐이다. 막내는 그냥 막 뛰어간다. 라이벌 같은 첫째는 '왜 저래, 너만 슬프냐'라는 듯이 어깨를 으쓱하면서 쳐다보지도 않는다. "쟤 좀 달래줘"라는 아빠의 말에 "아, 알았어~"라고 건성으로 대답만 한다. 이런 모습이 슬픔에 빠져 있는 어른들의 모습보다 훨씬 아름다워서, 우리는 편집실에서 자주 훌쩍였다.

사람의 이야기를 담는 휴먼 다큐멘터리를 하면서 얼마나 많이 슬픔을 슬프다고 묘사했는지 깨달았다. 아이들은 울지 않는다. 아이들은 누군가 울어도 별다른 위로를 하지 않고, 어른처럼 자기연민에 빠지지도 않는다. 그냥 "너 왜 그러냐?"라고 묻고는 그 감정에 어떻게 손댈지 몰라 모르는 척 통과한다. 아이답게, 아프지만 그냥 가만히 있는 것이다. 아이들은 납골당에서 한 번도 엄마 이야기를 하며 서로를 위로하지 않았다. 자신만의 기억을 소중하고 단단하게 품고 꺼내지도 않았다. 자기감정을 아무도 모른다고 생각하기 때문일까. 이들은 나중에 딱 한 번. 아빠가 가상 체험을 마치고 난 다음에 딱 한 번 다 같이 껴안았다.

춤 동작은 유명 게임회사의 스튜디오에서 광학 모션 캡처 장비를 활용했다. 동작을 부드럽게 만들고 싶었고, 이 춤이 정수 씨에게 꿈 같은 선물이 되길 바랐다. 그리고 시즌1에서 나연이의 공간을 만든 것처럼, 지혜 씨의 공간을 월정사 전나무숲길에 만들었다. 그곳에서 그간 하지 못한 말을 충분히 할 수 있도록 28개의 짧은 문장을 만들어 음성합성을 했다. 숲길에서 할 수 있는 다양한 상호 작용도 연구했다. 그렇게 만든, 벤치 옆에서 아내의 버츄얼 휴먼이 등불을 켜는 장면은 아내가 남편이 오기를 기다리는 것처럼 느껴졌다.

시즌1을 기억하는 관객에게 또 한 번 삶에 대한 무언가를 느끼게 할 수 있을까? 문득 처음 기획을 시작했을 때가 떠올랐다. 그러다가 어느새 또 멀리 와 있다는 생각이 들었다. 타인의 감정을 표현하는 것은 몰입을 요구하는 일이다. 지금까지의 결과와 상관없이, 아주 작은 차이를 위해 가능한 한 많은 시간을 바쳐야 했다. 이렇게 해도 손에 쥐는 것은 아주 작은 것들이다. 삶을 표현한다는 점에서 사실 다큐멘터리는 영화와 큰 차이가 없다. 그래서 대충할 수가 없다. 지칠 때마다 매번 새로운 도전을 하는 모든 아티스트를 생각했다. 복잡한 공정을 두 번만 해도 힘들다는 말이 수시로 나왔으므로, '지속적인 창조는 나에게 힘든 걸까?'라는 생각도 들었다.

사실 다큐멘터리는 요즘 방송과 딱 맞는 콘텐츠는 아니다. 결과가 좋으면 기뻐하지만, 막상 시간과 돈을 투자하기에는 어렵다. 요즘은 악하고 독한 막장 이야기만 통하는 것 같다. 방송이 점점 세상의 좋은 이야기들과 무관해지는 게 아닌가 싶은 절망적인 생각이 든다. 착한 이야기, 숨겨온 마음 같은 것들은 이제 노희경 작가의 〈우리들의 블루스〉 같은 드라마에서나 볼 수 있는 게 아닐까. 언제까지 씩씩하게 논픽션으로 그런 것들을 담을 수 있을까. 아니 그런 '작은 것들의 시'에 눈길을 보내는 사람이 방송국에 남아 있을 수나 있을까. 아, 그래도 〈유 퀴즈 온 더 블럭〉 같은 프로그램이 있긴 하다. 여전히 작고 단단한 마음을 담으려는 사람이 있다.

아름다운 가족을 만난 것에 감사했다. 특히 아이들의 눈빛 덕분에 힘이 났다. 저 아이들을 두고 눈을 감은 한 사람의 인생을 담으려 한다. 최선을 다하지 않으면, 그분께 뭐라고 말할 것인가. 방송 아이템이라는 말은 정말 싫다. 인연이라고 말하고 싶다. 정수 씨도 운명이라 생각해 선뜻 받아들이고 딸들을 설득해서 여기까지 와주었다. 모든 것은 좋은 만남이라고 생각한다.

D-day: 아내를 만났다

처음부터 이번 이야기는 가족의 설화를 찾아가는 과정이라고 생각했다. 가상 현실로의 초대 몇 주 전에 가족은 엄마와 갔던 양평의 한 닭볶음탕 식당으로 모처럼 나들이를 갔다. 절에서 기왓장에 가족의 행복을 염원하는 글귀를 적듯, 식당 곳곳에 많은 사람이 매직으로 '영원히 사랑하게 해주세요'라거나 '우리 가족 모두 건강하게 해주세요' 같은 말들을 말들을 둥근 나뭇조각에 적어 걸어 두었다. 떠난 아내도 오래전 나뭇조각에 가족의 이름을 적어 걸어 두었다고 했다. 간 김에 엄마의 흔적을 찾아보기로 했다. 눈밭에서 신나게 놀고 백숙을 싹싹 먹은 아이들이 건성으로 엄마의 흔적을 찾아본다. 그러다가 점점 진지해지더니, 결국 둘째가 엄마의 흔적을 찾아냈다. 그제야 아이들은 진짜로 엄마가 그런 걸 썼다는 걸 안다. 또 깔깔 웃으면서 눈 뭉치를 던지고 논다. 아이들은 '다섯 아이들 모두 건강하게 쑥쑥 크게 해주세요'라고 눌러쓴 엄마의 글씨를 보고, 아빠는 소원이 담긴 나뭇조각을 한참 동안 불가에서 만졌다.

디데이. 그날이 왔다. 전날까지 내내 점검하며, 이번에는 에러가 나지 않게 해달라고 빌었다. 아이들은 아이돌을 볼 수 있지 않을까 기대하며 MBC 스튜디오에 들어왔다. 주인공인 아빠는 숨을 크게 쉬면서 긴장한 모습이었다.

이번에도 부조정실에 앉은 아이들은 마냥 신나 하고, 다 큰 첫째와 둘째는 카메라 원 숏을 받을까 봐 꾸민 듯 안 꾸민 듯 신경 쓴 차림이었다. 아빠를 지켜보기보다는 예쁜 표정으로 둘러앉았다. 전혀 긴장하지 않은 아이들에게 고마웠다. '아이폰 샀으니까 와준 듯한' 아이들은 아빠의 긴장한 표정을 보면서 웃고 있었고, 남편은 아내가 좋아하는 재킷을 입고 왔다. 아침부터 딸들이 거울 앞에서 이거 입어라 저거 입어라 조언해준 차림새다. 그리고 마침내 조명이 어둡게 낮춰진 스튜디오를 향해 걸어가면서 아빠는 아이들에게 "엄마 만나고 올게"라고 말했다.

HMD를 쓰기 직전 긴장해서 한숨을 몰아쉬던 정수 씨의 표정에서 우리는 무엇을 하려고 하는지를 다시 생각했다. 정수 씨는 "잠깐만요" 하고는 한쪽 구석에서 잠시 중얼중얼 기도했다. 시즌1 때와 마찬가지로 스튜디오에는 침 삼키는 소리조차 들리지 않았다. 모두 눈짓을 주고받으며 오차가 없도록 움직이고, PD와 VFX 총괄 매니저만 속삭이며 다음 시퀀스를 생각했다.

무한 공간에서 공을 터치하면 나타나는 그곳. 정수 씨는 집으로 왔다. 추억의 공간에 대해서 많이 물었기에 오대산 월정사 숲길을 기대했을 것이다. 그러나 제작진이 준비한 건 그 시절 그 집이었다. 그 집에 관해서는 끝까지 비밀이었다.

"우리 집, 우리 집!" 아이들의 눈이 동그래졌다. 한눈에 그때 그 집이란 걸 모두가 알아보았다. 엄마가 건강했을 때, 아무렇지도 않게 다들 쑥쑥 자라면서 피아노에 물을 흘리고, 베란다 미끄럼틀을 타던 그 집. "똑같다…" 정수 씨는 시작부터 목이 멨다. 현관을 지나 가족사진을 한참 동안 바라보았다. 가장 행복했던 때의 가족사진. 그리고 아내가 청경채 볶음을 차려놓던 테이블을 보자 시작부터 헐떡이며 훌쩍였다. 제작진이 걱정할 정도였다. "지혜야… 지혜야, 어딨어?" 정수 씨는 거실을 빙빙 돌면서 아내를 찾았다. 가상공간 속의 집을 충분히 느낀 뒤 약간의 텀을 두고 아내를 찾았으면 했는데, 바로 아내를 불렀다. 정수 씨에게 미안했다. 우리는 베란다의 유리창을 경계로 콧노래를 흥얼거리며 빨래를 널

가장 행복했던 때의 집에 들어선 김정수 씨

던 지혜 씨가 나오는 순간을 묘사했다. 아파트 바깥에서는 아이들이 노는 소리가 들려온다. 흐릿하게 유리창 너머에서 '똑똑' 두드리며 지혜 씨가 말을 던진다. "오빠!" 정수 씨가 그토록 듣고 싶어 했던 "오빠!"라는 말은 음성합성 과정에서 가장 신경 쓴 부분이다. 음성합성 과정에서 계속 에러가 발생했지만, 지혜 씨가 출연했던 매거진 프로그램 영상이 있어서 가능했다.

그리고 두 사람이 만났다. 지난번 나연이가 "엄마, 어디 있었어?"라고 말했을 때, 우리는 엄마가 어떤 대답을 할지 잘 몰랐다. 그냥 아이들이 잘하는 말이기도 했고, 그 상황에 어울린다고 생각했다. 그런데 나연엄마가 "엄마, 항상…" 하고 목이 멘 순간, 가상에 불과한 데이터와 그린 스튜디오가 진짜 어딘가 존재하는 세계가 되었다. 이번에도 지혜 씨의 감정을 묘사하는 건 우리의 범위를 넘어선다고 생각했기 때문에 담담하고 평이한 말로 제한했다. 지혜 씨가 천천히 다가와 정수 씨 앞에 서자, 이미 눈

140 ◦

물을 흘리고 있던 정수 씨는 어찌할 줄을 몰라 했다. "잘 지냈어?" 묻자, 정수 씨는 "아니, 못 지냈어"라고 답한다. 순간, 또 한 번 그런 일이 일어났다. 정수 씨는 "이제 안 아파? 이제 안 아파?"라고 말했다. 정수 씨는 안쓰럽게 바라보는 버츄얼 휴먼인 지혜 씨의 눈을 들여다보았다가, 고개를 떨궜다가, 볼을 차마 만지지 못하고 망설이다가, 한없이 조심스럽게 쓰다듬었다. 그 손길이 기억난다. 정수 씨는 거의 스치듯이, 한없이 조심스럽게 아내의 얼굴을 쓰다듬었다.

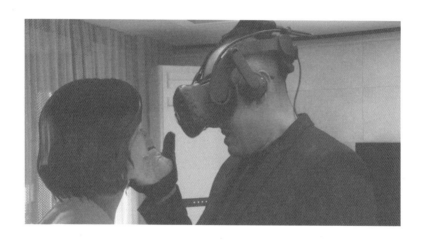

   교양 PD는 타인의 고통을 담는 경우가 많다. 그때마다 고통스럽고, 고통을 착취하는 게 아니냐는 쉬운 비판을 받는다. 그런 비판에 있어서 할 수 있는 일은 매번 새롭게 깊이 생각하는 것뿐이다.
   정수 씨가 "이제 안 아파?"라는 예상하지 못한 말을 하는 순간, 아픈 가족을 떠나보낸 사람의 마음을 알지 못했다는 생각이 들었다. 처음에 첫째가 왜 그렇게 이 만남을 극구 반대했는지, "건강한 엄마의 모습을 생각하면 눈물이 나요"라고 했는지 몰랐다. 그러고 보면 병원에서 입었던

딸아이의 옷을 태우던 나연엄마도 "저거 아플 때 입은 거니까… 이제 아프지 말아야지"라고 말했었다. 아픈 가족을 잃은 사람들은 그냥 그리워하기만 하는 게 아니었다. 마지막에 아파했던 모습에 대한 기억 때문에 끝까지 대신해주지 못한 고통을 느끼는 사람들이었다. 보고 싶지만, 또 기억하면 눈을 질끈 감을 만큼 고통스럽다. 건강했던 모습과 아파했던 모습이 뒤섞인 기억이기 때문이다.

정말로 통통하고 씩씩한 아내를 다시 만난 것처럼, 정수 씨는 "건강한 모습을 보니 너무 좋다"라고 말했다. 지혜 씨가 "오빠, 우리 춤추자!" 하고 손을 내밀자 센서가 달린 장갑을 낀 정수 씨의 손이 허공에 뻗는다. 훌쩍이면서 눈을 들여다보다가 고개를 떨구다가 하면서, "이렇게?" 하고 천천히 손을 맞잡고 스텝을 밟는다. 부부의 춤은 우리가 생각한 것보다 더 서툴고 더 아름다웠다. 내내 훌쩍이던 정수 씨는 아내가 턴할 때 살짝 웃었다. 아이들은 눈이 동그래져서 바라보다가 젖은 눈으로 웃었다.

실시간으로 움직이는 CG에서 조금 더 인간다운 질감을 살리지 못한 건 아쉽다. 그러나 나는 이 CG를 보면서, 앞으로 다가올 어떤 세계를 예감할 수 있었다. 유한한 삶을 사는 우리가 어떤 선을 살짝 넘어가는 것을 상상하면서, 거기에 아름다움이 깃들 수 있다는 것을 보여주고 싶다. 미래에 인간은 자신의 데이터를 남겨서 남은 가족과 영원히 춤추거나, 산책할 것이다. 그리고 나는 이런 기술이 주는 미래를 두려워하기보다 상상하고, 상상을 아름답게 구현하는 일에 흥미를 느낀다.

상처주지 않고, 과장되지 않은, 가만히 놓아둔 선물 같은 것을 상상하는 부분은 예술적 재능에 가깝다. 앞으로 이쪽 세계에서 예술가의 수

요가 매우 커지지 않을까 싶다. 핀터레스트 같은 이미지 기반 SNS를 보면 아티스트들의 환상적인 그림이 가득하다. 그들은 세계관을 시각화하는 특별한 재능을 가진 사람들이고, 만약 그 아티스트들에게 붓 대신 가상 현실을 쥐어 준다면 분명히 상상하지 못했던 어떤 세계를 만들어 낼 것이다. 아티스트에게는 '새로운 장면을 하나씩 추가하는 능력'이 중요하다. 메타버스는 이미 어떻게 돈을 벌 수 있는지라는 모티브로 움직이지만, 아티스트는 착한 마음으로 어떻게 아름다운 장면을 넣을지라는 모티브로 움직여야 한다. 그래야 세상이 '이게 무엇이구나, 어떤 느낌이구나'

하고 알 수 있다.

편집하면서 둘이 춤을 추는 장면을 롱 테이크로 한없이 들여다보았다. 누군가에게는 부족한 CG만 보였겠지만, 나에게는 먼 미래의 어떤 장면처럼 보였다. 오후의 햇볕이 들어오는 거실에서 춤을 추는 부부의 모습은 무슨 커피 CF 같기도 하고, 약간 주책맞은 아저씨와 아줌마 같기도 하고, 슬프기도 하고, 아름답기도 했다. 모든 과정을 만들고 지켜봤음에도, 실재하는 두 사람을 보는 것 같았다.

추억의 전나무숲길에는 게임적인 요소의 상호 작용을 넣었다. 적용할 수 있는 기술 선에서 스토리에 꼭 맞는 상호 작용을 찾기 위해 많이 찾아 헤맨 장면이다. 이런 응용 하나하나가 VR 스토리텔링의 새로운 방법이 될 것이다. 나연이 이야기에서는 생일 파티를 하면서 케이크에 꽂을 초를 엄마가 건네는 장면으로 성공해야 할 미션 같은 행동을 넣었다. 집중도와 몰입도를 높이는 장면이자, 자연스럽게 가족에게 고인의 목소리를 들려주는 장면이다. 정수 씨 이야기에서는 무엇을 넣어야 할지 감이 잡히지 않아 많이 고민했다. 그러다가 영월 법흥사의 적멸보궁 가는 길에 쌓여 있던 작은 돌탑들을 떠올렸다. 보면 쌓고 싶어지고, 쌓을 땐 굴러떨어지지 않게 조심히 올려야 하는…

아! 저걸 해보면 어떨까 하는 느낌이 왔다. 아이와 진지하게 손을 모으고 소원을 빌던 기억도 났다. 기술팀에게 가능한지 묻자, 비교적 간단하게 될 것 같다는 답이 왔다. 3D 돌탑 쌓기 게임이 살짝 적용되었다고 보면 된다.

　실제로 가상공간임에도 불구하고 정수 씨는 신중하게 돌을 쌓아 올
렸다. 돌탑이 한 번 쓰러지자 승부욕이 발동해서 더 집중하는 모습이었
다. "제발, 제발…" 하며 지켜보는 막내아들이 무척 귀여웠다. 계속 감정
을 토하기만 하면 처질 수 있는데, 이 부분이 분위기를 조금 바꿔주었다
고 할까. 유원지 데이트에서 경험할 수 있는 사격 게임이나 인형 뽑기 같
은 분위기였다. 어쨌든 정수 씨는 돌탑 쌓기에 성공하고 진짜로 좋아했
다. 그리고 그 순간, 자연스럽게 눈을 감고, 같이 소원을 빌고, 바람이 분
다. 아이들은 바람이 부는 그 숲에서 아이들을 위해 기도하는 엄마의 목
소리를 듣게 된다.

벤치에 앉아, 캠핑하러 온 듯 불을 쬐다가 아내가 말한다. "오빠, 있잖아. 그거 생각난다. 나 아플 때, 님한테 안 맡기고 오빠가 다 해준 거". 이런 말은 정수 씨가 지혜 씨의 투병 생활 동안 배변주머니 등을 모두 직접 챙겼다는 딸들의 인터뷰에서 추출했다. '힘들 때 맘껏 엄마 생각해도 된다'라는 말도.

그렇게 가족이 평소에 품고, 서로에게 말하지 못했던 말을 반영했다. 이런 관점에서 보면 이 체험물은 창작물이 아닌, 마치 자신의 기억이나 생각이 반영된 꿈 같은 게 아닐까? 생각을 많이 하면 꿈에 나오는 것… 제작진은 엄격하게 창작을 제한하고 가족들의 인터뷰만을 반영한 꿈을 만들어 체험하는 사람에게 돌려주었다. 그랬기에 평소 마음을 들여다볼 수 있는 사이코드라마 같은 장르의 성격을 유지할 수 있었다. 먼 미래에는 이와 같은 일에 AI가 도움을 줄 수 있을지 모르겠다. 나와 헤어진 사람과의 관계, 있었던 일, 사진과 동영상, 평소 하고 싶었던 말을 1년 정도 입력한다면, AI가 1인칭에 맞는 꿈으로 돌려주는 시스템이 생길 수 있지 않을까.

〈너를 만났다〉를 제작하며 대화에 있어서 만큼은 지나치다 싶은 정도로 창작을 제한했다. 대화를 만드는 것 자체가 품고 있는 위험을 알고 있었기에, 뭔가 멋있어 보이는 말이 떠올라도 가차 없이 잘랐다. 그래서 온전히 가족이 반영되고, 가족이 이질감을 적게 느낀 것 같다. 적어도 이런 태도를 유지하며 선을 넘어가 본 것이 어떤 레퍼런스가 되었으면 한다. 이후 방송에 대한 칼럼을 써준 정현덕 칼럼니스트의 글을 일부 인용한다.

함께 벤치에 앉아 아내가 문득 생각났다며 말한다. "나 아플 때 남한테 안 맡기고 오빠가 다 해준 거." 아내의 그 말이 가상으로 재연된 건 아마도 첫째 종빈과의 인터뷰를 통해 듣게 된 내용 때문이었을 터였다. 늘 아빠가 엄마 옆에 있었다는 종빈이는 엄마가 수술하고 배변주머니를 바꿔주고 하는 일들이 힘들었을 텐데 아빠가 그렇게까지 간호를 할 수 있었다는 데 놀라워했었다. 그것이 사랑의 위대함이라는 걸 종빈이는 느끼고 있었다.

"지혜야. 내가 들리는 거 없었고 네가 보이지 않아도, 항상 3년 동안 나하고 애들 옆에 있었다는 거 내가 알아." 그렇게 말하는 남편에게 아내가 돌탑 쌓으며 무슨 소원을 빌었냐고 묻는다. "우리 지혜 아프지 않고 하늘나라에서도 아프지 않고 하고 싶은 거 다 할 수 있도록, 수영하고 싶은 거 수영하고 꽃꽂이하고 싶은 거 꽃꽂이하고, 반찬 만드는 거, 음식 만드는 거 좋아하는 거 계속하면서, 이제 여기 걱정하지 말고 잘 있으라고 오빠 가면 애들한테 있었던 일 다 빠짐없이 얘기해 줄 테니까 너무 걱정하지 말라고 이제. 애들 다 잘할 수 있다고 오빠도 이제 괜찮고, 용기 내서 할 수 있으니까 너무 걱정하지 말라고…"

그는 오히려 떠난 아내에게 '걱정하지 말라'고 누차 말하고 있었다. 아이들에 대한 이야기를 나중에 다시 만나면 다 해주겠다는 그 말에 아이들도 눈물을 흘렸다. 아내는 말했다. "우리 빈이, 윤이 지금 사춘기인데 힘들 때 엄마 생각 마음껏 해도 된다고" 종빈이는 인터뷰에서 자신이 힘들 때만 엄마를 찾는 것 같아서 미안했다고 말한 바 있었다. 종윤이는 독감 걸렸을 때, 그러면 안 되는데도 엄마를 찾아 안았다며 그게 좋았다고 말했었다. "인이, 원이, 혁아. 너희에겐 사랑하는 엄마가 있어. 알지?" 엄마의 그 말은 사실이었다. 아이들 기억 속에는 언제고 엄마가 살아 있을 테니.

_정덕현 칼럼 중

정수 씨는 진심으로 가지 말라고 아내를 붙잡았다. 우리는 체험이 길다고 생각했지만, 본인은 전혀 그렇게 느끼지 않았던 것 같았다. 가상공간에 들어가면 3분 정도 어색함이 느껴지다가, 걷거나 어딘가에 앉는 순간 몰입감이 확 증폭된다. 그곳에서 좋은 상호 작용을 하다 보면 나중에는 '계속 있고 싶다'라는 느낌이 들 때가 있다. 멀미가 나는 것만 개선된다면 정말 장시간의 체험을 원하게 될 수 있다.

실제로 정수 씨의 체험에 있어서, 집과 숲속의 공간 모두 테스트할 때 편안함을 느꼈다. 가만히 앉아서 바람 소리나 새소리를 들으며 잠들어도 좋겠다고 생각했다. 그러나 많은 사람이 우려하는 부분이기도 하다. VR 헤드셋을 쓰고 약에 취한 것처럼 행복한 표정을 짓고 있는 SF 영화 속 이미지 때문일 것이다. 정수 씨도 체험을 끝내고 싶어 하지 않기 때문에 뭐라고 말하기가 조심스럽다. 아내가 "나 이제 가야겠다"라고 말할 때, 정수 씨는 세차게 고개를 저으면서 조금만 더 있다가 가라고 주저앉았다. 만약 몇 시간 동안의 체험이 가능해진다면 그때는⋯ 가상 현실에서의 기억이 삶과 분리되지 않을 만큼 큰 부분을 차지할 수도 있을 것이다.

마지막 인사를 하고 아내가 작은 빛이 되어 떠난 후에도 김정수 씨는 그 자리에 웅크리고 앉아 눈물을 흘렸다. 너무나 아쉬운 시간이 었지만, 하고 싶었던 이야기를 할 수 있어서 후련했다고 그는 말했다. 그리고 스튜디오로 들어온 아이들. 다소 어색한 듯 애써 웃으며 들어오던 아이들은 그러나 아빠에게 달려와 그 넓은 품에 안겨 누가 먼저랄 것도 없이 울었다. 그리고 거기에는 이제 엄마도 있었다. 그 따뜻한 엄마의 기억들이 함께하는 한.

_정덕현 칼럼 중

불이 켜지고, 눈물 콧물이 범벅이 되어 한참 동안 자기 세계에 빠져 있던 정수 씨는 그래도 후련하다고 했다. 부조정실과 통하는 스튜디오 문이 열리자, 소리지르며 반대했던 딸들이 애써 울지 않은 척 아빠를 놀리면서 들어온다. 그리고 "봤어? 엄마 봤어?" 아빠가 묻고 아이들은 끄덕이며 아빠를 껴안는데⋯ 첫째 딸 종빈이가 처음으로 모든 감정을 드러내며 끅끅 우는 순간 모두 한순간에 알아버렸다. 몸은 컸어도 아직 한창 어리광 부릴 아이가 엄마에 대한 그리움을 얼마나 꾹꾹 누르며 살아왔는지⋯ 아빠와 첫째는 같은 아픔을 목격한 가장 가까운 동료로서, 차마 서로 보여주지 못했던 생생한 마음을 마주한 것 같았다. 그 순간이 너무 진실해서 여기까지 온 고생은 하나도 생각나지 않았다. 연출자로서 가장 좋아하는 순간이기도 하다.

〈너를 만났다〉에서 나연이 이야기를 하고 나서 인터뷰 때마다 '아름다운 이야기를 함께 본 기분'이라고 말해 왔다. 이번에도 그랬다. 결은 다르지만, 또 하나의 아름다운 이야기를 함께 보았다.

10 윤리의 문제 。

대중에게 감동을 주는 것, 많은 사람에게 감동이었다는 말을 듣는 것은 PD라는 직업에 가장 큰 보상이다. 조금 우쭐했다. 그러나 곧 부끄러워졌다. 지금까지 세상이 무엇으로 가득 차 있는지 몰랐다는 생각이 들었기 때문이다. 그간 휴먼 다큐멘터리를 만들면서도 그렇게 많은 사람이 누군가를 그리워하면서 살고 있다는 것을, 하늘을 보고 손 흔드는 날이 많다는 것을 잘 몰랐다.

비판의 목소리도 마음에 걸렸다. 빠르게 발전하는 기술의 문제점, 특히 AI가 사람처럼 말하고 행동할 수 있는 미래가 온다면? 〈너를 만났다〉에서 보여준 떠난 가족과의 만남이 누군가에게는 인류 보편의 약속 즉, '죽은 사람은 살아 돌아올 수 없다'라는 금기를 깬 것으로 보이는 것 같았다. 사실 그렇게 착각할 정도의 기술이 준비된 것도 아닌데…

지금처럼 빠르게 발전하는 기술들이 수십 년 축적되면, 어두운 미래가 올지도 모른다는 생각이 들 수 있다. 다들 발전한 첨단기술을 잘못 이용했을 때 올 법한 어두운 미래를 그리는 넷플릭스의 SF 시리즈 〈블랙 미러〉를 이야기했다. 정확히는 〈블랙 미러〉의 '돌아올게'라는 에피소드다. 불의의 사고로 세상을 떠난 연인을 그리워하는 한 여인이 있다. 그녀는 너무 괴로운 나머지 한 서비스 업체를 찾아, 연인이 생전에 쓰던 SNS 글을 분석해 그의 인격과 비슷한 가상과 채팅을 하고, 연인이 남긴 목소리를 토대로 구현된 인격과 통화하며 위로받는다. 그러고는 급기야 그와 똑같이 생긴 인조인간(?)을 배송받게 되는데… 여기서부터는 조금 말이 안 되는 급격한 전개이지만, 예측할 수 있는 내용이다. 연인과 목소리, 말투, 행동이 똑같은 존재. 그러나 실제 연인은 아닌 그를 어떻게 할 것인가의 문제와 정체성, 관계, 돌이킬 수 없는 것을 돌이키고자 했을 때 따라오는 대가들에 관한 이야기다.

〈블랙 미러〉를 이야기하며 프로그램에 우려 섞인 비판을 보내오는 분이 많았다. 그러나 제작 과정을 보았다면, 어두운 미래를 만들어 내기가 쉽지 않다는 걸 알게 될 것이다. '차라리 SF 드라마를 하면 좋겠다'라고도 생각했다. 마음껏 상상하고 만들면서도 비판에서 자유롭고, 시청률도 더 나오지 않을까. 괜히 실제 세상과의 결합을 만들어 지구 대표로 윤리적 비난을 받는 것 같았다.

농담이 아니다. 해외에서도 비판이 이어졌다. 한번은 외국의 한 신문사에서 현지 특파원을 통해 인터뷰를 요청해왔다. 나는 성의껏 인터뷰하려 했다. 그러나 그 기자는 방송이 주는 감동과 스토리에는 딱히 관심이 없었고, 계속 '윤리적인 부분'에 대해서만 질문했다. 조금 곤란했다. 나중에 명함을 받았는데, 그 신문사는 우리나라로 따지면 기독교 신문사 같은 곳이었다. 아, 혹시 내가 신의 영역에 도전했다는 뜻일까. 설마.

윤리적 문제는 누구나 이야기할 수 있는 좋은 주제다. 신기술을 통해 인간의 보편적 조건에 넘어가 보는 상상을 하면 할 얘기도 많아진다. 그러나 나는 종종 억울했다. '저는 매번 잘 되는 PD가 아닙니다. 애써서 이제 하나 좀 제대로 만들어보았을 뿐입니다…'라고 말하고 싶었다. 심지어 휴먼 다큐멘터리 분야에 오래 몸담은 분이 "다큐란…" 이런 이야기를 늘 어놓으며 비난을 쏟기도 했다. 인간의 고통을 착취해 전시함으로써 시청률을 얻으려 한다는 말이었다. 이는 어떤 죽음이든 마음은 아프지만, 보편적인 사회적 의미를 지닌 것은 아니라서 가치 없는 이야기라는 말이었다. 음… 역시 한 분야의 고수라 그런지, 유려했다. 그러나 반성하는 바가 있었다. 나 역시 가보지 않은 길을 보며 쉽게 손가락질하고, 사회적 의미를 따져 물어 비난하기에 익숙하다. 세상에 뭔가를 던지고 마음을 움직이려 애쓰기보다 남을 비판하며 사는 게 쉽고 득이 되는 건 사실이다.

한 시인은 모든 경계에서 꽃이 핀다고 했다. 그 말을 이렇게 온몸으로 이해하는 체험은 흔치 않다. 꽃까지는 모르겠지만, 어쨌든 방송과 VR의 결합을 선보였다. 그런데 이를 보는 시각은 업계마다의 차이가 있다. 한쪽은 비즈니스의 영역이다. 거대 자본으로 움직이며, 이들에게는 사람의 마음을 움직인다는 것이 커다란 기회가 된다. 그래서 콘텐츠와 결합한 MOU, 투자, 코스닥 상장 같은 말을 너무도 자연스럽게 한다. 〈너를 만났다〉 역시 이런 흐름에서 입에 오르내리지 않을 수 없었다. 어쩔 수 없는 일이다. 뭣하러 돈을 들여 기술을 개발하고 상상력을 실행하는가? 어떤 사회의 자원은 인센티브가 파인 골을 따라서 물처럼 흐른다고 한다. 신기술의 발전은 결국, 어떤 사람의 발명에 자본이 힘을 보태면서 이루어질 수밖에 없다.

'상상하라. 마음을 움직여라. 관심을 사로잡아라. 그것이 엔터테인먼트든 감동이든, 마음을 잡을 수 있다면 (   )이 보일 것이다'라는 말에서, 괄호 안에 들어갈 단어는 '인류 보편의 발전'이 아니라, '스톡옵션'이다. 사진, 영화, 인터넷, SNS가 인간의 소통 방식을 바꾸고 세탁기, 자동차, 반도체가 세상을 바꾸었듯이, 신기술은 인간의 욕망과 지적인 호기심이 어우러져 눈덩이처럼 굴러가며 발전할 것이다. 그러나 기술 발전이 꼭 옳다고 생각하는 방향으로 흐르지는 않을 것이다. 처음에는 '호기심, 근사한 것을 가능하게 해 보는 것'과 같은 순수한 마음으로 시작하겠지만, 결국은 많은 사람이 사랑하는 길, 즉 자본이 흐르는 길로 갈 것이다. 이를 제어할 수는 없다.

현재 버츄얼 휴먼 기술이 가장 많이 쓰이는 영역이 어디일까? 3D 매핑과 버츄얼 휴먼의 제작을 위해 돌아다닌 결과, 기술력을 보유한 회사들은 아이돌의 디지털 트윈을 만드는 일에 열중이었다. 군대 간 아이돌을 대신하고, 홀로그램 극장이나 세계 곳곳에서 동시에 온라인 공연을 할 수 있는 버츄얼 휴먼을 만드는 것이다. 투자도 놀랄 정도로 활발하다. 팬덤과 거대 자본이 존재하니 분명 〈너를 만났다〉보다 훨씬 정교한 결과물이 나올 것이다. 그렇게 기술은 또 발전하고, 한 발짝 더 인간을 닮은 버츄얼 휴먼이 만들어질 것이다.

사실 방송국에서 일하면서 카카오 같은 기업을 보면 말문이 막힌다. 2010년, 카카오톡이 나온 시기에 방송사가 어려워졌다. 그리고 카카오는 10여 년 만에 사람들의 생활 구석구석을 바꾸는 기업이 되었고, 방송사는 그냥 방송만 하다가 손가락 빨 위기에 처했다. 자본은 이쪽으로 흐르지 않는다. 사람들의 관심과 사랑이 그전과 같지 않다는 뜻이다. 그래도 나는 여전히 공영 방송국에서 일하는 사람이니까, 사회에 도움이 되는 이야기를 하고 싶다. 습관이기도 하고, 아직은 그런 위치에 있으니까.

네이버, 카카오, 페이스북, 구글처럼 이 시대를 좌지우지하는 테크 기업은 무엇이 윤리적인지에 관심이 없다. 이들은 동시대 사람들의 행동을 관찰하고 서비스를 개발해 결과적으로 불편한 점을 개선할 뿐이다. 기업은 돈을 벌고, 사람들은 재미와 편리함을 느끼니 얼마나 좋은가? 사실 이런 서비스를 내놓는 회사가 방송을 만드는 회사보다 더 인류에 기여하고 있지 않나 싶기도 하다. 그러나 스마트폰이 인류의 삶에 진정으로 기여했는지를 따져보면 비관적인 생각도 든다. 분명 무언가 개선되고, 스마트해졌는데 삶은 변하지 않았다. VR이라는 신기술을 어두운 시각으로 바라보는 것도 이해된다. 기술은 기본적으로 욕망을 좇기 때문에 때때로 브레이크를 걸어야 하는 게 사실이다. 그런데 왜 테크 기업은 윤리와 상관없이 돈을 벌고, VR을 다룬 방송은 윤리적 지적을 받아야 하는가. 조금 억울한 측면이 있다.

요즘 대중은 무엇이 옳은지 그른지 판단하는 사람을 원하지 않는다. 그래서 방송에만 유독 윤리적 잣대를 요구하는 게 조금 씁쓸하다. 방송이 시대를 선도하던 때의 유물로 느껴질 때도 있다. 그래도 나는 방송사의 PD니까, 감사한 일로 여긴다. 여전히 세상에 뭔가 좋은 일을 해보라고 대중이 이야기해주는 일이기도 하니까 말이다.

어쨌든, VR 혹은 메타버스가 죽음을 넘어서는 일은 논쟁을 불러일으킬 수밖에 없다. 한쪽은 가능성 때문에, 한쪽은 '이래도 되나?' 때문에. 고인이 된 유명한 엔터테이너들을 되살리는 프로젝트는 분명히 상품성이 있다. 우리나라에도 세상을 떠난 뮤지션의 공연을 재현하는 프로젝트가 있다. 그것을 단발성에 그치지 않고 지속적으로 한다면, 어떤 사람의 외모와 인격과 퍼포먼스를 재현할 수 있는 수준으로 올린다면 어떨까? '그는 누구인가'라는 질문과 '그 존재는 어디까지 허용되는가'의 문제가 생길 것이다. 예를 들어, 세상을 떠난 발라드 가수를 대체하는 디지털 트윈이, 이번 앨범에서는 콘셉트를 바꿔 댄스 음악을 시도한다고 해보자. 고인의 의사와 상관없이 결정할 수 있는 일인가? 가장 중요한 문제. 그 수익은 누구의 것이며, 은퇴 없는 불멸의 활동이 괜찮은 것인가? 다양한 이슈가 발생할 것이다.

〈너를 만났다〉 시즌1이 막 방영되었을 때, 엔터테인먼트 프로그램 제안이 여럿 들어왔다. 좋은 기회였지만, 잘되지 않았다. 이미 큰 제작사들이 고인이 된 유명인을 활용할 수 있는 저작권을 사들여서 진행하는 경우가 많았고, 살아 있는 인물과 마찬가지로 출연자 섭외가 어려웠다. 그러니까 '불멸의 디지털 존재'의 경제 활동에 대한 권리가 이미 활발하게 선점되고 있다는 것을 실제로 확인한 셈이다.

프로젝트 전에 우리와 같은 아이디어를 진행하는 곳은 없는지 조사해보니, 없었다. 대신 흔적은 찾을 수 있었다. 사별한 가족의 인격과 외모를 똑같이 되살려서, 그 존재와 가상공간에서 같이 지낼 수 있는 서비스를 연구하고 있다는 홈페이지를 발견한 것이다. 그러나 잘 안된 건지 진행된 게 없어 보였다. 그래도 시간이 흐르면, 미리 자기 모습을 촬영해 버추얼 휴먼을 만든 다음 사후에 남은 가족들에게 남기는 서비스가 나타날 것으로 보인다. 영정 사진이 아니라 영정 디지털 트윈이나 공간을 남긴다고 해야 할까.

한 사람을 기억하고 그것을 가상 현실에서 만지고 느낄 수 있도록 재현하는 과정에서, '그 사람을 잘 기억하는 일'이 애도와 다르지 않다는 걸 알았다. 가상 현실의 힘을 빌리면, 디테일하고 조금 더 즐거운 느낌의 애도가 가능할 것 같다. 아이가 좋아하던 미역국이나 꿀떡, 장난감 같은 것들이 어떤 공간에서 나를 기다리는 것, 떠난 가족이 좋아하던 것들과 기억의 조각들이 모인 공간을 소유하는 것. 이런 것들이 조금 더 작고, 내밀하고, 실현 가능한 미래다. 구글 포토의 메모리 VR 버전이라고 해도 좋을 것 같다.

영화 〈레디 플레이어 원〉에서 가장 흥미진진한 부분은 무엇일까? 단지, VR 헤드셋을 쓰고 무엇이든 가능한 거대한 게임 '오아시스'에 접속해 사람들과 모험을 즐기는 것이라면 이는 VR 게임이나 소셜 VR에서 기대하는 부분과 크게 다르지 않다. 이 영화를 끌고 가는 모티브는 게임의 창시자가 죽기 전에 3개의 미션을 숨겨두었다는 사실이다. 마치 《삼국지》에서 제갈량이 위기마다 열어보라며 조자룡에게 건넨 비단 주머니처럼 말이다. 나에게는 산 자와 죽은 자의 수 싸움이나 모험의 가능성이 열리는 거로 보여 놀라웠다. 비트코인도 그렇다. 창시자로 알려진 나카모토 사토시라는 정체불명의 인물이, 제한된 수량의 보물을 어려운 과정을 통해 캐낼 수 있도록 숨겨놓았다는 사실이 뭔가 흥미진진하게 만들지 않는가.

이런 상상을 해본 적이 있다. 만약 당신이 시한부 판정을 받았다면 아이에게 무엇을 남길 수 있을까? 가상공간에 접속해 아이만 열 수 있는 무언가를 남긴다면 어떨까. 작게는 메시지나 좋았던 기억이겠지만, '3년 후에 열어볼 수 있다'라는 조건을 달거나, 어떤 일을 열심히 해야지만 열어볼 수 있는 미션의 형태라면, 죽음이 가까워지더라도 미래에 아이가 보일 반응을 생각하며 웃을 수 있지 않을까. "아빠가 너를 위해 남겨둔 비밑 선물이야"라고 말하며, 아이가 나쁜 길로 빠지지 않도록 하는 모티브가 될 수 있지 않을까.

우리는 고인의 허락을 얻을 수 없는 대신, 가족의 동의와 자발적인 참여 아래 고인의 모습을 조심스럽게 재현했다. 그러나 미래에는 스스로 간절히 원해서 자신의 기억이나 수수께끼 등을 가상공간에 구현하는 사람이 나타날 것이다. 신기술을 인간의 관점으로 상상하는 일은 즐겁다. 그것이 윤리적으로 비판받는 지점이 있다면 멈춰서 생각하고, 다시 새로운 지점을 발견하면 된다. 어차피 기술은 폭발적으로 발전할 것이다. 다만, 새로운 시도를 하는 사람들이 앞장서 가면서 '이렇게 사업적인 논리로만 생각하는 것이 맞는지, 윤리적으로 어긋날 가능성은 없는지'를 살피며 먼저 매를 맞는 것도 괜찮을 것 같다.

고인이 된 사람을 부분적으로나마 되살리는 것에 대한 윤리적인 지적이 있었다. 그에 대한 대답을 내 식대로 하고 싶었다. 똑같은 방법을 통해서 우리 사회의 윤리, 즉 소셜 이슈에 기여할 수 있는지 보여주는 것이다. 그러다가 우리는 고 김용균에 관한 뉴스를 만났다.

11   VR 저널리즘
_용균이를 만났다 。

첫 번째 방송 이후에 조금 더 새로운 영역을 보여주고 싶다는 생각이 있었다. 하늘에 있는 가족을 만나는 경험을 사회적으로 가치 없다고 비난해준 분에게도 고마운 마음이었다. 시즌1에서 엄마와 나연이의 사연을 같이 지켜보고, 그 느낌을 전달한 것은 평생 만나기 힘든 아름다운 경험이었고, 자신의 감정을 떠올리고 의미를 찾아준 시청자분들에게도 너무나 감사하다. 그러나 한편으로 'VR로 누군가를 만난다'는 개념이 조금 더 다양한 가능성을 가진 것인지 시험해보고 싶었다. '휴먼 스토리를 너무 신파적으로 연출하는 게 아니냐, 과연 그런 기술의 결합이 사회적으로 무슨 의미가 있느냐'라는 말에 대한 답을 프로그램으로 대신하고 싶었다.

교양 프로그램을 생산하는 이곳을 이끌어온 한 축이 사람의 이야기(휴먼 스토리)라면, 한 축은 〈PD수첩〉으로 대표되는 PD 저널리즘이다. 〈너를 만났다〉를 통해 사람의 이야기에 기술을 결합해 새로움을 전달할 수 있었다. 그렇다면 그간 저널리즘이 하고자 했던 일에도 기술을 결합하면 무언가 다른 느낌을 줄 수 있지 않을까?

이런 생각은 다양한 레퍼런스를 보며 축적해왔다. 'VR 저널리즘'이라는 말이 생소할 것이다. 그러나 해외에서는 꽤 많은 작품이 만들어지고 있으며, 일생을 이 주제에 바치는 사람도 있다. 바로 뉴스위크의 기자였으며, VR을 활용해 사회적인 이슈와 관련한 다큐멘터리를 제작하고 있는 노니 데 라 페냐 감독이다. 그녀가 이 신기술에 빠져든 이유는 VR이 주는 몰입감을 활용해 그간 기자로서 갈증을 느끼던 부분을 극복할 수 있다고 보았기 때문이다.

VR 저널리즘이란, VR 헤드셋을 쓰고 어떤 상황으로 들어가 보는 저널리즘을 말한다. 그리고 그 공간에는 우리가 뉴스에서 보는 다양한 문제들(전쟁, 차별, 무관심, 빈곤 같은 문제)이 펼쳐진다. 사회 문제에 대해 다시 생각해보게 하려는 의도가 있다. 여기에 활용되는 것은 VR이 주는 몰입감과 편집되지 않은 경험이다. 편집된 누군가의 생각을 전달받는 게 아니라 스스로 문제를 찾고, 관찰하고, 참여하는 것. 최종적으로 체험자가 사회적 문제에 공감하는 것이 VR 저널리즘의 목표다.

그녀의 테드(TED) 강연을 보면서 '새로운 방법을 찾으면서까지 뭔가를 말하고자 하는 마음'에 깊은 인상을 받았다. 그녀는 외치고 있었다. "아무리 세상의 어두운 면을 취재하고 기사를 써도 사람들은 바뀌지 않잖아! 그렇다면 왜 기사를 쓰고, 찍고, 방송해야 하지?". 그렇다. 이미 뉴스는 차고 넘친다. 그런데 중요한 뉴스라고 해서 꼭 사람들의 관심이 높은 것이 아니다. 기자들은 이러한 사실에서 좌절감을 느낀다.

시청률의 노예인 방송 PD도 마찬가지다. 예능과 비교하지 않더라도, 사이버 렉카 같은 유튜브와 다름없는 프로그램들, 반대쪽 정치 세력을 비난해서 지지자들에게 사이다 같은 시원함을 느끼게 하는 시사 프로그램들, 정치적 대결만 높은 순위로 다루는 뉴스들… 악당이 있어야지만 스토리텔링이 완성되는 이런 프로그램에서 PD는 더욱더 '악당과의 대결'에 집중하게 된다. 연성화되고 클릭 유도에 여념이 없는 방송과 신문의 기사들을 보고 있노라면 시청률에 사로잡힌 건 예능이나 드라마 작가가 아니라 오히려 저널리즘 쪽이 아닌가 싶다.

내가 아는 시사교양 PD와 기자들은 다들 마음 한구석에 착한 마음이 있다. 스타 PD들처럼 화려하게 살지는 못해도, 우리가 사는 곳을 조금 더 나은 방향으로 이끌어갈 이야기를 전달하고 싶어 한다. 그러나 그들이 쓰는 선한 기사가 꼭 독자나 시청자의 선택을 받는 것은 아니다. 더 좌절감 드는 사실은, 사람들은 사회 문제를 다룬 뉴스를 몇 번 보다 보면 지겨워한다는 것이다. 타인의 고통에 공감하는 게 아니라 "또 저 뉴스야? 지긋지긋하네"라고 반응한다. 세월호를 다루는 기사를 지겨워하고 심지어 혐오의 대상으로 여기는 사람도 많은 걸 보면 알 수 있다. 누구를 탓할 건 아니다. 아프리카 아이들을 돕는 국제구호단체 캠페인 영상에 마음이 움직이기보다 '아, 또 저 얘기네' 하고 심드렁하지 않은가.

지금도 많은 PD와 기자가 다양한 스토리텔링으로 이러한 문제를 돌파하려 한다. 데 라 페냐 감독은 〈로스앤젤레스에서의 굶주림〉이라는 최초의 VR 저널리즘 다큐멘터리를 만들어서 그 가능성을 보여주었다. 직접 체험해보지는 못하고 유튜브로만 볼 수 있었는데, 내용은 이렇다.

뙤약볕이 내리쬐는 더운 날에 가난한 사람들이 푸드 스탬프를 받기 위해 줄을 서 있다. 그런데 나이가 지긋한 한 아저씨가 어지러운 듯 위태위태하다. 일사병인지, 탈진인지, 심장마비인지 모르겠지만, 그는 곧 쓰러지고 만다. 옆에 있는 사람들이 웅성웅성하더니 누군가는 지켜보고, 누군가는 구급차를 불러달라 외친다. 영상은 조금 조악하지만, 사운드는 실제 상황을 사용해 매우 생생하며, 이를 체험한 사람 일부는 HMD를 벗으며 눈물을 흘리거나 생각에 잠겼다. 첨예한 스토리도 아니고, 무슨 말을 하려는 건지 모호하게도 느껴지지만, 그래도 체험자는 그 상황에 직접 있었던 것처럼 '세상에 저런 일이 있구나' 하고 느낀다. 갑자기 실직하거나 집안 사정이 악화해 무상복지에 의존할 수밖에 없는 상황에 처하고, 뙤약볕 아래에 줄을 서 있다가 쓰러질 수도 있는 어떤 이의 삶을 잠시 살아본 것이다. 나도 영상 시청 후 잠시 멍했다. 이런 VR 필름을 체험한 것만으로도 일단은 잠깐 다른 세상에 다녀온 느낌이 들 것이고, '나와 다른 상황에 있는 사람'에 대한 관심이 조금은 더해지지 않을까 싶었다.

조금 더 화려한 사례로는 브래드 피트가 나온 영화 〈바벨〉과 레오나르도 디카프리오가 나온 영화 〈레버넌트〉를 연출한 알레한드로 이냐리투 감독이 만든 VR이 있다. 그의 〈살과 모래〉는 난민 문제를 다룬 VR로, 2017년 칸영화제에서 약 6분 30초간 인터렉티브 체험 영상이 상영되었다. 상영 전시관 바닥에는 모래가 깔려 있고, HMD를 쓰면 사막이 펼쳐진다. 그리고 곧 사람들과 남미와 미국의 국경 어딘가를 헤매며 국경을 넘기 위해 애쓰게 된다. 어딘지 모를 불안감 속에 모래알이 밟히고, 헐떡이는 사람들과 어두운 사막을 통과하고, 경찰견들의 짖는 소리가 점점 크게 들려오고… 잡히지 않으려고 필사적으로 뛰고… 예고편만으로도 상당히 가슴이 두근거리는 체험물일 거라는 확신이 들었다. 분명히 난민의 발생 이유를 말하려거나 난민 문제를 해결하기 위한 분석적 저널리즘은 아니다. 그러나 일단은 그 사람이 되어 보는 것이다.

국내 영화제에서 다양한 VR 체험물을 경험했다. 특히 사회 문제를 포함한 작품을 체험하며 확실히 느꼈다. 이런 시도는 아주 정교한 정보나 시각을 제공하지는 않지만, 한순간 타인의 삶에 들어가 보는 것만큼은 분명하다고. 예를 들어, 폭격당하는 시리아 난민에 관한 VR 작품의 경우, 처음에는 조용했다. 인터뷰, 가족을 잃은 사연, 모인 사람들의 웅성거림, 집안 곳곳을 보면서 설명하는 시퀀스 등을 체험하며 비교적 차분하게, 무슨 말을 하려는지 알 것 같았다. 그런데 옥상에서 누군가를 인터뷰하듯이 있다가 갑자기 쾅 하면서 하얀 불빛이 번쩍했다. 아무것도 보이지 않았고, 너무 놀랐다. 한참 후에야 뿌연 연기 속에서 방금 내가 폭격을 경험한 거라는 걸 깨달았다. 방금까지 둘러보던 집은 까맣게 타버렸고, 방금 폭격을 당해 가족을 잃은 이들의 울음을 참는 실제 소리가 들렸다.

〈너를 만났다〉를 해오며 내내 인간의 삶과 기억에 관해 생각했다. 그러다 보니, 자연스럽게 나와 너에 대한 아주 단순한 생각으로 이어졌다. 시즌1에서 삶이란 '너와 함께한 기억의 총합'이라는 결론에 이르렀다. 엄마와 아이는 이미 한 몸, 즉 나는 너였다. 이제 이 몰입감이 강한 매체를 이용해서 나와 너의 관계를 다시 생각해본다. 나는 네가 아니므로 영원히 알지 못한다. 어떤 삶을 살고 어떤 고통을 받는지. 아무리 고통을 말하고 화면을 통해 보여주어도 모른다. '내가 아는 너'에 대한 사랑의 표현이 첫 모티브였다면, 이번에는 사회 문제에 관한 관심으로 시작한 VR 저널리즘으로 '네가 되어보는 것'을 해보기로 했다. 분석하고 관찰하는 게 아니라, 거두절미하고 들어가 보는 것이다.

최근 젊은 기자들은 〈체헐리즘〉 같은 기획물을 연재한다. 우리 사회의 각 분야에서 일하는 사람들의 삶을 직접 경험하면서 르포르타주를 쓰는 건데, 정말 훌륭하다. 보다 보면 재미있고, 빠져든다. 문제의식은 다들 비슷하다는 생각이 들었다.

우리나라 밖에도 대단한 저널리스트들이 많다. 바버라 애런라이크의 《노동의 배신》이라는 책을 읽었다. 중산층이자 대학 교육을 받은 기자라는 신분을 철저히 숨긴 저자가 낙후된 지역의 일용직 노동자로 살면서 그렇게 번 돈으로 먹고살 수 있는지를 매우 상세히 쓴 체험 수기다. 심지어 모텔의 침구류 상태가 어떤지, 일하다가 무엇으로 끼니를 때우게 되는지까지 손에 잡힐 듯 생생히 기록되어 있다. 그리고 노동자의 삶에 스며들어 기자와 취재원의 관계인지, 정말 친구가 된 것인지 알 수 없는 관계를 만들고 그들의 속마음을 듣는다. 시사평론가들이 반복하는 추상적인 이야기와는 비교할 수조차 없었다. 《노동의 배신》을 읽으며 이런 저널리스트가 있는 나라는 그래도 희망이 있겠다는 생각이 들었다. 우리나라에 일용직 노동자가 되어보겠다는 시도라도 할 배짱 있는 저널리스트가 있을까? '나 이렇게 훌륭한 사람이야'라는 인증샷을 찍지 않고 말이다. 페이스북이나 인스타그램에 멋진 정치적 의견을 올리는 사람은 많아도 절망적인 계층의 사람과 섞이려는 사람은 드물다. 모두 정치적으로 옳다고 침을 튀기지만 고통을 보는 건 싫어한다.

나는 이런 문제에 관심 둔 지 오래다. 〈실화탐사대〉 프로그램을 하면서 '인천 중학생 추락사' 사건을 취재한 적이 있다. 옥상에서 친구들에게 구타당하다가 추락해 사망한 러시아 혼혈 아이의 이야기였다. 파고들수록 말할 수 없는 감정에 사로잡혔다. 가해자 학생은 모두 재판을 받고 감옥에 있지만, 그런 사건의 개요만으로는 결코 설명할 수 없는 현실이 있다. 부모에게 제대로 된 지원이나 사랑을 받지 못하는 아이들이 너무 많은 동네, 어른도 아이도 아닌 채로 희망없이 밤거리를 쏘다니게 되기 쉬운 환경에서 자란 아이들이, 미래를 준비하기는커녕 가출팸 비슷한 무리에 들어가곤 하는 이야기. 거기에는 분명 아이의 잘못이 있지만, 설명하기엔 참 화가 나는 현실이 있다. 방송에 다 담지는 못했지만, 그렇게 취재하고 돌아오면 부끄러움을 느낀다.

'나와 다른 환경에 놓인 사람들의 이야기를 어떻게 하면 생생하게 전달해서 우리의 거리를 좁힐 수 있을까?'라는 생각을 하며, 이런 시도를 해 나가는 작품을 보고 배울 점을 메모해 레퍼런스를 찾아보았다. 사실 신기술을 적용해 고통받는 사람을 들여다보는 것은 자칫 너무 교훈적이거나 뻔한 것이 될 수 있다. 잘난 척하는 것처럼 보이기도 싫었다. 그래도 〈너를 만났다〉로 많은 사랑을 받았기 때문에, 한 번쯤은 해 볼 수 있을 것 같았다. 혐오가 시대가 된 지 오래다. '나는 너를 모른다, 나는 너를 만나지 않는다, 나는 너에게 관심이 없다, 너의 고통은 나에게 아무런 울림도 주지 않는다' 머릿속에는 이런 말들을 떠올리며, 결코 만나지 않는 나와 너를 만나게 해주고 싶었다.

'용균이를 만났다'의 원제는 '풀코드'였다. 풀코드란, 고 김용균이 일했던 화력발전소처럼 컨베이어 벨트 같은 위험한 기계가 있는 곳에 필수로 설치하게 되어 있는 안전장치다. 풀코드를 당기면 컨베이어 벨트가 멈추어 끼임 사고를 방지할 수 있다.

풀코드는 복싱장의 링처럼 컨베이어 벨트에 평행으로 설치된다. 김용균이 일했던 서부 화력발전소의 작업 공간은 석탄이 컨베이어 벨트 위로

초속 5m의 속도까지 빠르게 움직인다. 풀코드는 갑자기 롤러에 옷소매가 끼었을 때 손을 뻗어 당기면 된다. 그러면 동력 장치의 전원이 꺼지고, 컨베이어 벨트가 멈추고, 살아남을 수 있다. 그런데 누가 풀코드를 당긴단 말인가? 일하다가 어딘가 끼인 사람은 풀코드를 당길 수 없다. 즉, 이 안전장치는 원래부터 두 명이 함께 일한다는 가정하에 설치된 것이다. 2인 1조로 일하다가 누군가 사고를 당했을 때 동료가 신속하게 당겨서 생명을 구하는 것이다.

풀코드의 이미지는 고산을 등반하는 2인조가 서로를 묶는 생명줄이었다. 한 사람이 발을 헛디뎌 미끄러지면, 한 사람이 있는 힘을 다해 버틴다. 빙벽에 대롱대롱 매달려, "괜찮아?" 한 사람이 소리쳐 물으면, 한 사람이 끙끙거리며 답한다. 그렇게 두 사람이 살아남는, 그런 장면들을 생각했다.

김용균은 혼자였다. 화력발전소의 시설 정비 업무를 담당한 그는 사고 당시 2인 1조로 일하지 않았다. 김용균은 2018년 12월 11일 새벽 3시, 혼자서 석탄 운반용 컨베이어 벨트를 점검하다가 사망한 채 발견되었다. 컨베이어 벨트에 끼어 빨려 들어간 것으로 추측된다. 많은 시간이 지났지만, 마침 이 글을 쓰는 지금 TV에서 백상예술대상 TV 부문 남자조연상을 받은 배우가 '나에게 중요했던 이름들'이라면서 고 김용균을 언급하고 있다. 말로 표현할 수 없는 일들을 떨리는 목소리로 표현하는 사람을 보니 멋있다. '왜 김용균을 취재하고 VR로 만들어 냈나'라는 말에 저렇게 답할 수 있으면 좋겠다. 마음은 같을 거로 생각한다. 기사를 본 후, 나의 머릿속에도 그의 이름이 떠나지 않았다.

여름에 고 김용균을 취재하던 시간이 기억난다. 영등포 카페에서 처음 김용균의 어머니 김미숙 씨를 만나던 날, 동료 PD와 작가의 눈이 촉촉해졌다. 그때 김미숙 씨는 아들을 잃은 엄마와 중대재해기업처벌법 입법 활동을 적극적으로 추진하는 투사 사이에 있었다. 사실 인터뷰하러 간 제작진은 중대재해기업처벌법의 내용이나 사고의 정황보다는 아들 이야기를 할 때 달라지는 눈빛에 더 깊은 인상을 받았다. 딸 같은 아들이었다고 했다. 외아들이었고, 얼굴이 하얗고, 숫기가 없고, 평소에 말이 없지만 부모에게는 외동딸처럼 그렇게 살가웠다고 했다. 아들에 대해 말할 때 허공을 보는 엄마의 눈은 반달이 되었다.

그해 여름부터 김용균의 동료들과 소주를 많이 마셨고, 겨울에는 눈 내리는 국회의사당 앞에서 천막을 치고 단식 농성을 하는 김미숙 씨를 찍었다. 찍다 보니 크리스마스 날 밤이었다. 처음에는 어머니와 좀 가까이 지냈는데, 중대재해기업처벌법 통과 여부가 임박할 때쯤에는 너무 많은 취재진이 몰려서 그들 중 한 사람이 된 것 같아 서운했다. 그래도 어머니가 무릎이 좀 아파서 우리의 취재 차를 쏠쏠히 이용했던 것, 실수로 김용균의 휴대폰 속의 사진과 내 사진이 구글 포토에서 뒤죽박죽 섞여서 기분이 좀 이상했던 것, 누가 이런 프로그램을 재미있어 할까 싶었는데 너무 초롱초롱한 눈빛으로 아이디어를 내주던 MBC VFX 팀원들, 김용균의 고향 현지 로케로 발견해 찍은 노래방들, 결국 나도 따라부르게 된 닐로의 '지나오다'라는 노래, 자정에도 모션 캡처 작업이 끝나지 않아 아저씨들과 새해를 맞이하게 된 조연출의 한숨… 같은 것들이 떠오른다.

나중에 결과물을 보니, 작은 것들을 조금씩 모아 벽돌 쌓듯이 올려

겨우겨우 구체적인 한 가지의 느낌에, 아주 힘들게 접근했다는 생각이 들었다. 그건 사고의 정황 같은 단어로 설명할 수 없는 어떤 것이었다. 소설처럼 서사를 펼치는 뉴 저널리즘이란 것을 흉내 낸 건가 싶기도 하고, 감정적이기도 하지만 또 구체적이기도 한 현실의 어떤 것이었다. 단 한 가지, 포기할 수 없던 게 있다면 '다른 사람의 사정'이라고 해야 할 것 같다. '아, 너는 그런 사람이었구나. 너에게 그런 사정이 있었구나' 그걸 전달하고 싶었다.

진보 진영 집회 같은 데서 소개하는 김용균의 이야기와는 달라야 했다. 죄송한 말이지만, 대중은 '노동자가 지금도 이렇게 죽어가고 있다!' 같은 말을 받아들이지 못한다. 나부터도 자세히 들여다보고 싶지 않다. '자본의 횡포', '우리가 쟁취해야 할 권리' 같은 구호도 마찬가지다. 별 느낌이 없다. 요즘은 모든 사람이 경영자가 되어 가는 시대라 노동 문제는 남의 일이다. 이런 때일수록 사회 문제가 아니라 '나와 너의 이야기'로 생각하는 것이 더 가능성 있지 않을까. VR의 본질을 깊이 생각하면서 '살아보는 것'의 힘을 발휘해야 했다. 너로 살아보는 일이어야 했다. 김용균의 기사에 악성 댓글을 다는, 그런 사람들의 마음을 움직일 수 있다면 성공이 아닐까?

그간 〈너를 만났다〉에서는 한 사람을 구성하는 요소와 가상공간을 가족들의 기억에서 하나하나 추출해 만들었다. 그러나 이번에는 '가족에게 보이는 용균이라는 사람, 서부 화력발전소라는 일하는 공간, 일터에서의 용균이라는 사람' 이런 기억을 모아 김용균이라는 사람 삶의 한순간을 만들고, 전혀 모르는 타인과 만나는 시나리오를 써야 했다.

'타인의 시간과 공간으로 들어간다면, 우리는 그 사람을 잘 이해할 수 있을까요?' 예고를 시작하는 카피다. 사실 우리는 위험한 곳에 들어가서 일하는 것이 무엇인지 잘 모른다. 어렴풋하게 짐작할 뿐 그것이 무엇인지 잘 알지 못한다. 그래서 우리는 그 시공간을 표현하기 위해 발전소의 구체적인 이미지부터 작업하기 시작했다. 사고 기록과 CCTV 화면이 뉴스에 나오긴 했지만 구체적이지 않았다. CCTV에 찍힌 화면은 혼자서 어두운 화력발전소 안을 순찰하는 모습이었고, 사고 원인은 정황 뿐이었다. 뉴스를 보아도 잘 와닿지 않는 정황은 대체로 두 가지였다.

첫째, 무슨 일을 하다가 사고가 났을까. 화력발전소는 항구 옆에 있다. 수입한 석탄은 구석구석 연결된 컨베이어 벨트로 옮겨야 한다. 그런데 석탄은 컨베이어 벨트에서 떨어져 쌓이거나(낙탄이라고 한다), 컨베이어 벨트를 돌리는 롤러 사이에 끼이기도 한다. 그러다 보면 전체 공정이 멈출 수 있다. 계속 석탄을 태워 일정량의 전기를 생산해야 하는 발전소 입장에서는 치명적인 일이다. 따라서 작업자들은 사소하지만 매우 중요한, 낙탄 제거 일을 해야 한다. 김용균도 낙탄을 제거했다. 그게 쉬웠을까? 김용균의 동료들은 낙탄 제거에 대해 이야기했다. 석탄은 우리가 생각하는 것처럼 바삭바삭한 검은 돌멩이가 아니다. 좋지 않은 석탄은 수분을 많이 함유하고 있어, 여름에는 자연 발화가 걱정이고 겨울에는 질척해지는 게 걱정이다. 또 수분을 함유한 석탄을 쌓아 두면 열이 발생하니까 겉이 끈적하게 녹았다가 겨울이 되면 얼어붙는다. 이런 석탄은 들러붙어 있어서 제거하기가 아주 고약하다고 했다.

사고는 12월에 발생했다. 컨베이어 벨트 사이사이에 들러붙은 낙탄은 도로의 블랙 아이스처럼 쉽게 떨어지지 않는다. 강한 힘을 가해 긁어

내야 떨어진다. 그러니까 대충 퍼서 치우는 그런 일이 아니었다. 그렇다면 힘만 세면 될까? 우리는 사고가 난 구간을 가상 현실로 만들며 많은 자문을 받았다. 컨베이어 벨트 밑은 힘센 롤러가 휙휙 돌아가는 위험한 곳이다. 그래서 긴 벽으로 막혀 있다. 다 막혀 있으면 안전하겠지만 그러면 일을 할 수 없으니 일정한 간격으로 창이 나 있다. 그 안에 뭐가 들러붙어 있는지는 창을 통해서만 확인할 수 있다. 자문대로 벽체와 창을 만들어 실제로 사용했던 것과 비슷한 쇠삽으로 낙탄을 제거하는 작업을 시연했다. 그린 스튜디오에 이 자문을 위해 와준 사람은 동료 이인구 씨다. 사고가 난 날 밤, 김용균의 몸을 처음 발견한 사람이기도 하다.

이인구 씨는 아직도 트라우마에 시달린다. 그 일이 있고 난 후 고향에 내려가 자기만의 추모 공간을 만들어 김용균을 생각한다고 했다. 인터뷰하는 것이 두려울 정도로, 그는 그날에 대해 한번 말하기 시작하면 끝이 없었다. 오후쯤에 시작한 인터뷰가 한밤이 되도록 끝나지 않아 제작진도 같이 몽롱해졌다. 그 정도로 이인구 씨는 그날의 기억에서 빠져나오지 못하고 있었고, 젊은 계약직 사원이 죽은 것에 대한 기성세대가 지녀야 할 책임감에 뒤늦게 고통스러워했다.

이인구 씨가 보여준 동작은 힘들어 보였다. 앞에 난 창 바로 앞에 있는 낙탄은 제거가 비교적 수월했지만, 문제는 창과 창 사이에 낙탄이 있는지를 확인할 때였다. 창 안으로 고개를 집어넣지 않으면 확인할 수 없었다. 또 거기까지 긴 쇠삽을 넣어 닿게 하려면 동작이 매우 이상해지고 힘이 들어가지 않았다. 가장 손이 닿지 않는 부분이 미칠 듯이 가렵다면 어떨까. 손이 잘 닿지도 않고, 힘도 줄 수 없는 곳을 긁기 위한 이상한 동작을 해야 한다. 게다가 김용균이 사고 당일까지 찍었던 창 안의 상황을 보면 굉음이 울리면서 빠르게 돌아가는 롤러 사이로 부서진 석탄가루가 블리자드처럼 얼굴을 때리면서 날아든다. 앞이 보이지 않을 정도다. 당신이 해야 하는 일이 그런 창 안을 확인하고 낙탄을 제거하는 일이었다면, 그곳이 30cm만 더 가까이해도 순식간에 빨려 들어가는 그런 곳이었다면 어떠했을까.

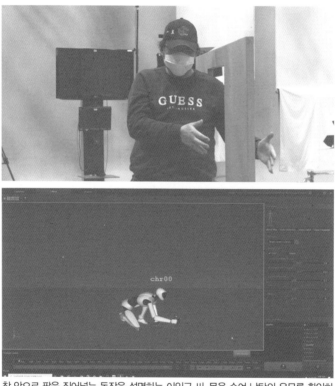

창 안으로 팔을 집어넣는 동작을 설명하는 이인구 씨. 몸을 숙여 낙탄의 유무를 확인하는 동작도 이인구 씨의 설명을 바탕으로 했다.

우리는 동료들의 증언을 크로스 체크해 작업 공간을 디테일하게 만들어 나갔다. 그리고 김용균의 작업 모습을 실재에 가깝게 모션 캡처했다. 이렇게 일하는 모습을 VR 체험자가 체험하게 된다면, 바로 옆에서 김용균과 같이 작업을 하는 듯한, 그러나 조금은 무력한 기분으로 위험한 작업을 지켜보게 된다. 그러나 이것만으로는 부족하다. 뭔가 상호 작용을 하는 스토리텔링을 통해 체험자에게 일종의 부채감을 주고 싶었다. '사고 비슷한 것'을 예감하는 순간, 나의 행동으로 그를 살릴 수 있다면 혹은 그렇게 하지 못하고 무기력하게 방관자가 되어야 한다면, '타인의 고통'에 조금 더 관심 가질 수 있지 않을까? 약간 선을 넘어가는 느낌이 있지만, 어떻게든 뉴스 속 김용균을 나와 가까운 사람처럼 느끼게 해주고 싶어 또 길게 고민했다.

가상 체험물을 만들 때면 늘 이런 고민에 빠지게 된다. 나연이와 나연엄마의 기억 속 공간에서 환상 속 공간으로 변할 때도 비슷한 고민을 했다. 실재하는 듯한 체험을 만드는 것은 힘들지만 가능하다. 그런데 여기에서 조금 더 감성적인 연출을 해야 할 때가 늘 조심스럽다. 그 선에 대해 생각해야 한다.

상호 작용이 가능한 스토리텔링은 연출자에게 무한대의 상상이 가능한 툴이 생기는 것과 같다. 그러나 체험 연출이 너무 강하고 환상적이면 현실과 조금 멀어질 수 있다. 김용균의 이야기가 가서 닿으려면 체험자인 나와 김용균 사이의 다양한 결말이 필요했다. 사고가 나는 순간 내가 풀 코드를 당겨 기계를 멈추고, 어두운 화력발전소에서 휙 떠오른다면… 우리가 같이 친구가 되는 듯이 세상을 바라볼 수 있다면 어떨까 하는 상상을 많이 했다. 이 망상 같은 상상을, 스케일을 바꿔가며 스케치 형식의

3D 콘티로 짜기도 했다. '이 가슴 아픈 사고가 나지 않았다면, 김용균과 내가 어떤 평행 우주에서 친구가 될 수 있지 않았을까'라는 느낌을 주고 싶었다. 물론, 상상에 기반한 연출을 한 다큐멘터리가 될까 주저하기도 했다.

가상 현실에서 다른 존재와의 상호 작용에는 기술적 제약이 있을 뿐 상상에는 제약이 없다. 시점도 왔다갔다할 수 있어서, 현실을 그대로 반영하는 데에 그치지 않고 영화처럼 환상적인 느낌을 주는 것을 목표로 할 수도 있다. 실제로 VR 체험전에서 경험한 많은 자전적이고 다큐멘터리적인 작품들도 다양한 방법으로 새로운 느낌을 주었다.

일본계 캐나다 이민자가 자신의 뿌리에 관해 이야기하는, 이민자 3세대의 정체성을 주제로 한 작품을 체험한 적이 있다. 담담한 내레이션이 계속되는 부분은 자전적 다큐멘터리와 비슷했지만, 방에 있는 물건을 집을 때마다 감독의 다른 기억을 마주치는 것은 색다른 느낌이었다. 난민 문제를 주제로 하는 게임 같은 작품도 있었다. 바닷속에서 수정 구슬 같은 것을 주워오는 미션을 수행하는 매우 초보적인 수준인데, 나중에 내가 주운 아이템들이 난민 아동 누군가의 사진과 매칭되는 순간 '내가 다 구하지 못했구나'라는 느낌이 든다. 즉, VR은 조금 이상하기도 한 다양한 스토리텔링이 가능한 분야다. 많은 감독이 가상 현실이라는 강력한 도구로 '사회적인 기억'을 연결하는 다양한 스토리텔링을 만든다. 앞으로 어떤 스토리텔링이 나타날까? 많은 상상을 구현하게 된다면, 방송보다 신날 것 같다.

그러나 이제 방송을 완성해야 했다. 죄책감을 주는 듯한 연출은 끝까지 마음에 걸렸다. 사고가 난 상황을 경험하는 것도 마음이 무거울 텐데 죄책감까지는…

화력발전소에서의 체험을 완성하면서, 김용균의 어머니 김미숙 씨의 삶도 주기적으로 촬영했다. 김용균의 삶을 알아가고 동시에 엄마를 팔로 우하는 과정이었다. 머리를 쥐어짜며 '어떻게 하면 더 나의 문제로 생각 하게 할 수 있을까'를 고민했다.

오브제를 활용하는 방법도 생각했다. 회사에서 발견된 그의 유품에 는 컵라면이 있었다. 현장에서 그의 가방을 열어보고, 남아 있던 메모를 보고, 컵라면을 꺼내볼 수 있다면 어떨까.

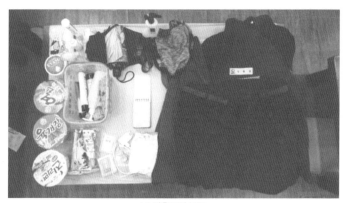

고 김용균의 유품

부산으로 갔다. 어머니 김미숙 씨가 거리에서 중대재해기업처벌법 통 과 서명 운동을 하면서 전단을 나누어주고 있었다. 이것만 보면 늘 보는 그림이지만, 쭈뼛쭈뼛하기도 하고 조금씩 흥이 나기도 하고, 더듬거리며 사람들에게 "안전한 사회를 만들기 위해서 청원 운동하고 있습니다. 함께 해주십시오"라고 외치는, 어머니의 초보 티에 웃음이 났다. 도대체 누가 저런 사람에게 지겹다거나 빨갱이라는 말을 할까. 어쩌다 보니 이런 일을 할 수밖에 없게 된 어머니가 이리저리 뛰어다니는데 오후 해가 지고 있었다. '광이 좋은' 이 시간은 드라마 촬영에서도 놓치지 않는, 모든 게 아름답게 찍히는 시간이다. 우리는 아들이 죽고 전단을 나눠주는 어머니를

입법 서명 운동을 하는 김용균의 어머니 김미숙 씨

(남편이) 저한테 그래요. 넌 어떻게 자식이 죽었는데 한 번도 집에서 울지를 않냐. (...) 좀 더 공부를 시켰으면 그 죽음을 피하지 않았을까, 부모가 조금 더 잘났으면 애가 그런 회사에 들어가지 않았을 텐데... 그런 자책, 원망을 하게 되니까 울지 않아요. 뭘 잘했다고, 우리가 울 자격이 있나?

찍었다. 그럴 때면 이런 모습을 꼭 누가 위에서 내려다보는 것만 같았다.
어머니는 "뭘 잘했다고"를 말하며, 웃는 얼굴로 눈물을 주르륵 흘렸

다. 수십 번 같은 인터뷰를 할 때마다 늘 허공에 닿은 눈에서 눈물이 흘렀을 것이다.

부산에서 처음 전단을 나눠주던 날, 처음에는 차가운 세상에 어머니 혼자 던져진 것처럼 보였다. 하지만 전단을 받아드는 사람, 관심을 갖고 전단을 읽거나 내용을 묻는 사람, 특히 김용균 또래의 사람이 관심을 갖는 것을 보며 어쩌면 사람들 마음속 깊은 곳에는 타인의 사정을 단박에 이해하고 공감할 수 있는 말랑말랑함이 있는 게 아닐까 싶었다. 쑥스럽다거나, 바쁘다거나, 온갖 가벼운 기사에 지쳐 있어서 잠시 그런 마음을 묻어 두고 있을 거라는 생각이 들었다.

어머니는 '아들과 주고받던 카톡을 간직하고 싶은데 아쉽다'라고 했다. 하필이면 사고가 나던 날 사용하던 휴대폰은 평소에 쓰던 폰이 아니었고, 평소에 쓰던 폰은 고장이 나서 데이터가 지워진 상태로 집에 방치되어 있었다고 했다. 우리는 전원이 들어오지 않는 그 휴대폰을 어머니께 건네받았다. 새로운 실마리였다. 지금까지 보도된 스물넷의 청년 김용균은 어두운 작업 현장에서 안타까운 사고를 당했으며, 정규직 전환을 꿈꾸는 계약직 신입 사원이라는 단서뿐이었다. 그 사실만으로는 김용균이라는 청년이 어떤 사람이었는지 알 수 없고, 내 주변에 있을 법한 친구처럼 여기기가 쉽지 않다. 우리는 휴대폰을 복구하기로 했다. 우선, 어머니와 아들 사이의 관계를 말해줄 수 있을 것 같았다. 방송에서 쓰지 못해도, 카톡 내용을 복구한다면 어머니에게 좋은 선물이 될 것이다. 또 공장 말고 뭔가 다른 것을 찍은 사진이 나왔으면 했다. 생전 어떤 사람이었는지 알고 싶었다.

최고의 기술력을 보유했다는 데이터 복구 업체에 휴대폰을 맡겼다. 조심스러웠다. 고인이 된 사람의 휴대폰을 들여다보아도 되는 건가 하는 문제가 있었고, 어떤 부분을 발췌해 표현해야 할지에 관한 문제도 있었다. 이 부분에 대해서는 어머니와 충분히 논의했다. 복구된다면, 적어도 어떤 지시를 받고 일했는지에 대한 정황과 어떤 생각을 갖고 살았는지 등을 알 수 있을 터였다. 복구 파일은 어머니의 입회하에 최소한의 제작진만 확인하기로 했다. 그러면서 전체적인 아트 콘셉트와 디자인 작업을 계속했다. 이번 프로젝트는 그를 모르는 사람이 만나는 작업이기에, 완성도보다는 감성적인 부분이 중요했다.

프로젝트 초기 아트워크

몇 주 뒤 복구 업체에서 반가운 연락이 왔다. 일부를 복구할 수 있다는 소식에 떨리는 마음으로 어머니와 업체를 찾았다. 아쉽게도 아들과의 통화 내용이나 카톡 데이터는 복구할 수 없었지만, 몇 개의 음성 녹음 파일과 자주 방문했던 인터넷 홈페이지의 쿠키들, 무언가를 계획하고 다짐

한 글귀가 적힌 메모장이 남아 있었다. 음성 파일 중 하나는 아버지와의 통화였다. 경상도 사투리로 "아빠, 어디까지 왔나?" 하는 대화였다(이걸 왜 녹음했을까, 용균이는…). 또, 몇 개의 파일은 혼자서 부른 노래였다. 생목으로 부르는, 그 나이 또래의 남자들이 좋아할 만한 감성 발라드였다. 그리고 현장에서 업무 보고용으로 찍은 사진과 동영상이 수천 장 들어 있었다. 가족사진은 딱 한 장이었다. 김용균이 직접 찍은 가족사진에는 지금은 볼 수 없는 어머니의 활짝 웃는 모습이 찍혀 있었다.

어머니와의 통화 내용은 복구하지 못했지만, 어떤 사람이었는지에는 다가갈 수 있겠다는 생각이 들었다. 집에서도, 회사에서도 이 데이터들을 찬찬히 들여다보았다. 평범하고, 열심히 살던 청년의 모습이 떠올랐다. 닐로의 노래를 좋아하고, 부모님께 효도하고 싶고, 목표를 위해 현실을 견디던 사람… 취업 관련 영상과 사이트를 찾아본 흔적은 너무 많았다. 사실 잘 몰랐다. 이곳에 취업한 이유가 단순히 돈을 빨리 벌어서 부모님에게 도움을 드리고 싶어서라고 추측했을 뿐이었다. 절반 정도는 맞지만, 스물넷 청년의 삶을 너무 몰랐던 것 같았다. 가고 싶은 회사 자료들, 면접 꿀팁들, 각종 입사 시험 자료, 대학 일자리 캠프, 여러 버전의 자기소개서, 토익 시험 자료와 시험 날짜들, 입사 시험이나 시사 상식 강의들, 꿈의 직장이라고 할 만한 안정적인 지역 공사, 한전, 각종 공기업의 섬네일들… 그리고 좋아하는 노래를 들은 흔적들, 앨범 표지 이미지들, 일하면서 짬뽕을 먹을 때, 순댓국을 먹을 때… 요즘 아이들처럼 사진을 하나하나 열심히도 찍어놓았다. 공장 주변의 사진들, 고양이 사진들, 하늘 사진들, 인형 뽑기를 하면서 찍은 사진들… 위험한 작업 공간도 인스타그램의 감성 사진처럼 보였다. 그런 사진들을 보고 있으니, 별다른 놀거리가 없는 당진화력발전소 주변의 외로운 일상이 느껴졌다.

공장 내부의 불빛이 따뜻한 집처럼 느껴지기도 하고, 사고 현장이 생각나 섬뜩해지기도 했다. 이 조용한 풍경의 사진은 그냥 마음속에 남았다.

작업 현장 사진. 창 내부를 찍은 동영상도 있었는데, 앞이 보이지 않을 정도로 석탄가루가 날렸다.

　　어머니는 아들이 '몇 번이나 면접을 보러 서울과 타지를 왔다갔다하고' 최종 면접에서 많이 떨어져 의기소침하기도 했다고 말했다. 화력발전소에서 일한 건 취업 준비가 더 길어지기 전에 확실히 들어갈 수 있는 회사였기 때문인 것 같았다. 김용균의 동료도 그런 현실을 말해주었다. 그곳은 모두 좋은 직장이 아닌 걸 알면서도 일하는 곳이었다. 그래도 정규직이 될 수 있을 거라는 희망을 품고 정규직 전환에 목표를 두거나, 경력을 살려 다른 기업에 지원하기 위해 교대 근무를 하면서도 상식과 기술책을 열심히 보는 곳이라고 했다. 몰랐다. 안정적인 회사에 입사해 불평불만을 하는 나는 이미 기성세대가 되어 화력발전소에 비정규직으로 들어가서 좋지 않은 대우를 견디며 미래를 꿈꾸는 스물넷 청년의 삶을 추측하지도 못했구나.

친구들과 맵기로 유명한 프랜차이즈 떡볶이를 먹으면서 장난치는 영상이 있었다. 영상에 나온 친구들을 수소문하여 만났다. 친구들은 영상을 보며 좋아했다. 입사 후 오랜만에 고향에 내려와 친구들에게 치킨을 사주던 용균이, 회사 어떠냐고 하자 말끝을 흐리던 용균이 이야기를 해주었다. 졸업할 때쯤에 어떻게든 빨리 취업해서 돈을 벌어야 한다는 부담을 너무 많이 느끼고 있었다고 했다. 김용균에게 화력발전소에서의 시간은, 일단 1년 정도라도 일하며 시설 관리 기술직 경력을 쌓고 더 좋은 회사에 들어가기 위해 견디는 시간이었다. 친구들은 생목으로 부르는 노래를 듣고 평소 용균이가 자주 부르는 노래라며 웃었다. "이렇게 꺾어요. 고음에서"라고 말하며, 심지어 못 부른다고 놀리자 화를 내면서 다음에 연습해서 오겠다고 했단다. 그렇게 김용균은 취업 준비를 하면서, 가끔 친구들을 만나 게임을 하고, 노래방을 가고, 떡볶이를 먹고 헤어졌다. 회사에 붙었을 때는 정장을 입고 어머니 앞에서 재롱을 부렸다. 그러나 막상 들어간 회사에서는 고민을 많이 했을 것이다.

노래방은 김용균이 발라드를 부르면서 잠시 놀 수 있는 공간이었을까. 친구들은 용균이의 노래를 몇 번씩이나 들으면서 웃었다. 마치 그때로 돌아간 것처럼… 용균이의 소식을 들었을 때는 믿을 수 없었다고 했다. 그냥 다닐 만하다고 해서 그런 줄만 알았다고 했다. 생목으로 부르던 발라드는 닐로의 '지나오다'와 엠씨더맥스의 'My Way'라는 곡이었다. '요즘 남자애들은 이런 노랠 부르는구나'라고 생각했다. 우리는 그 음성을 가상 현실에 사용하기 위해 계속 아이디어를 냈다. 목소리를 듣고 있으면, 눈앞에서 갖은 인상을 쓰고 발라드를 부르는 하얀 얼굴의 청년이 떠올랐다. 사고가 난 화력발전소의 사진만 보다가, 사람이 확 다가오는 순간이었다. 이렇게 못 부르는 노래를 방송에 쓴다는 걸 용서해주었으면 싶었다. 엠씨더맥스의 'MY Way'를 들으며, 김용균의 심정을 듣는 것만 같아 묘했다.

어디에 기대 살아갈까

나를 스쳐가는 그 모든 것들이 상처인데

그댈 그린 밤들이

내게 욕심이란 걸 맘 아프게 알아

나를 택한 운명이

행여 그댈 맴돌아 붙잡지 못하게

이제 그대 곁에서 떠나가

이제 이 데이터들로 무엇을 할 수 있을까? 어머니와 함께 프라이버시를 침해하지 않는 정도의 공개 가능한 데이터를 골랐다. 우리는 김용균이라는 사람의 내면을 들여다보는 체험을 원했다.

사고 현장에서 그의 휴대폰이 발견된 사실을 모티브로 해보기로 했다. 김용균을 뉴스로만 접했을 뿐인 체험자가 HMD를 쓰면, 사고 현장과 비슷한 어두운 공간에 휴대폰이 떨어져 있다. 체험자가 휴대폰을 주우면 여러 이미지에 둘러싸인 공간이 펼쳐진다. 그리고 '고 김용균의 휴대폰에서 나온 이미지들입니다'라는 내레이션을 듣게 되고, 체험자는 찬찬히 그 공간을 둘러보면서 '그는 이런 사람이었구나'를 느끼게 된다. 이 시퀀스는 가지고 있는 휴대폰 속 이미지를 어떻게 쓸 것인지 고민한 결과였다. 사진,

메모, 관심 가졌던 사이트 등 고인의 작은 흔적들을 VR과 결합한 것이다.

가상공간에서는 수많은 이미지를 눈에 들어오는 순서대로 보거나, 한참 동안 들여다보기가 가능하다. 적극적인 상호 작용이 있는 시퀀스는 아니지만, 불특정 다수의 체험자가 공감하는 부분은 각기 다를 것이므로 그것이 '편집되지 않은 시간을 살아볼 수 있는 VR'이라는 특징을 살려줄 거로 판단했다. 기억에 대한 새로운 스타일의 다큐멘터리가 될 거란 생각도 했다. 테스트해보니 실제로 그의 내면으로 들어가는 느낌을 받았다. 이렇게 본다면, 휴대폰 데이터만 있으면 그 사람의 다큐멘터리도 만들 수 있지 않을까.

대표적인 이미지를 터치하면 그와 관련된 주변인의 인터뷰가 들리고, 직접 쓴 메모와 사진, 관심 두던 사이트들의 이미지에 둘러싸이게 된다. 체험자는 그 안을 돌아다니며 특정 이미지에서 멈추거나 생각에 잠기기도 했다.

김용균이 남긴 메모가 가장 마음에 남았다. 그걸 보는 순간 그냥 슬펐다. '아빠 치아 위 380만 원, 아래 560만 원'. 김용균의 아버지는 촬영 내내 인터뷰를 거절하셨다. 어머니가 활동가가 된 것도 마음에 들지 않는 눈치였다. 그래도 촬영하지 않는 전제로는 이런저런 이야기를 해주셨다. 아버지는 이가 많이 빠져 있었고, 어머니는 그 모습이 화면에 나오는 걸 좋아하지 않으셨다. 몸이 많이 안 좋으셨다고 했다.

아들은 취업해서 열심히 일하고, 교대 근무를 하고, 그다음 단계를 고민하면서 수중에 들어오는 돈으로 '아빠 치아 위 380만 원, 아래 560만 원'을 해주고 싶어 했다. 그리고 그 밑에는 '쫄지 말고 침착하고 신중하게, 너는 하면 된다'라고 적어 두었다. 그냥 열심히 산 스물넷의 청년이 보였다. 쫄지 말고, 침착하고, 신중하게… 김용균은 그날 어두운 발전소 안에서도 그랬을 것이다. 알람을 맞춰 두고 하루하루 일찍 일어나겠다고 다짐한 기록도 마음에 남았다. 4시, 5시… 맞춰 둔 알람 아래에는 '오늘도 긴장 침착 열의'라고 써 두었다. 저렇게 열심히 살았구나. 그 끝은 어디였을까. 놀지도 못하고 준비하던 그 아이의 미래는 어떤 모습이어야 했을까.

다음 씬으로 넘어가면 공장이다. 압도적으로 윙윙거리는 실제 소음이 들리고, 양옆으로 석탄이 실린 컨베이어 벨트가 무서운 속도로 움직이고, 실제처럼 낙탄이 조금씩 떨어진다. 어둡고, 분진이 날린다. VR을 활용해 작업 환경을 체험하는 핵심적인 시퀀스를 만들었다. 이런 부분은 우리나라 최초가 아닐까? 책상에서 일하는 사람들은 일단 공장에서 하는 일을 잘 모르기도 하고, 눈으로 보지 않으면 그 환경을 이해하기가 어렵다. 그러므로 이런 방법이라면 가장 직접적으로 작업 환경을 이해하게 될 것이다. 다만, 과장되지 않아야 했기에 여러 번 고증을 거쳤다.

사고 후에는 조명을 설치해 위험이 많이 줄어들었다고 했다. 그러나 사고 당시에는 분명히 어두운 구간이 존재했고, 헤드랜턴을 지급받지 못한 것인지 김용균이 휴대폰 불빛을 밝혀서 어두운 점검창 안의 돌아가는 롤러를 들여다본 것이 사실이다. 따라서 그는 한 손을 자유롭게 쓰지 못했다.

사고 당시의 어두운 환경과 그곳에서 일하는 모습을 재현해 마치 바로 옆에서 작업을 지켜보는 것처럼 연출했다. 체험자는 일단 그 환경에 놓여서 화력발전소 내부를 잠깐 느끼게 되고, 잠시 후 내부 점검 작업과 쇠삽으로 낙탄을 제거하는 김용균을 지켜보게 된다. 우리는 다양한 직업과 다양한 나이대의 사람들을 모집해 체험하는 과정을 촬영했는데, 이 부분에서 많은 사람이 압도감에 공포심을 느끼거나, 작업 모습을 자세

가까이 다가가 작업을 지켜보는 체험자들

히 보려고 다가섰다. 체험자 중에는 김용균의 이야기를 어느 정도 아는 사람도 있고 모르는 사람도 있었지만, 대부분 자세한 정황까지는 모르고 있었다.

다음 장면으로는 꽤 긴 노래를 부르는 음성 파일을 활용해 혼자서 노래를 부르는 김용균을 바라보는 체험을 준비했다. 시간이 더 있었다면 탬버린을 친다거나, 박자에 맞춰 서로 눈을 맞추는 상호 작용을 넣었을 텐데, 조금 아쉽다. 그래도 노래방처럼 반주가 흐르고, 목이 터져라 생목으로 노래를 부르는 김용균을 보면서 체험자들은 피식 웃기도 했다. 정서적으로 가까이 느낀 것 같았다. VFX의 수준이 높지는 않지만, 그래도 김용균의 실제 목소리를 들으며 나름 친구처럼 '같이 보낸 시간'의 의미를 줄 수 있기를 바랐다. 그것이 관건이었다.

노래를 부르는 김용균을 향해 체험자가 손을 뻗고 있다.

함께 시간을 보낸 것 같은 이 판타지에 가까운 체험은, 뉴스에서나

들어본 이름을 살아 있는 한 사람으로 느끼게 하기 위한 중요한 과정이었다. 논란이 있을 수 있지만, 그곳에 있는 오디오 소스만큼은 100% 사실이므로 과거의 재연으로 볼 수 있다. 이렇게 가상의 존재와 함께 시간을 보내면 조금은 친구가 된 것처럼 느껴진다.

이제 김용균이라는 사람을 조금이나마 알게 된 상태로, 우리가 알고 있는 사고 현장을 볼 차례다. 가장 고민했던 부분이다. 아무리 의도가 좋아도 타인의 불행한 사고를 그대로 재현할 수는 없었다. 사고 체험이 체험자를 놀라게 할 수는 있지만, 그게 목표의 다는 아니다. 다큐멘터리의 시작에 우리의 기획 의도를 밝혀 두었다.

뉴스에서 그를 본 적 있다
그러나 우리는 그를 만난 적은 없다
우리는 타인에 대해 얼마나 알 수 있을까
만난 적 없어도 아는 사람처럼 느끼고
다른 사람의 상황과 아픔에 공감할 수 있을까

점점 위험하다는 느낌이 나고, 뭔가 일이 벌어질 것 같지만 아무것도 할 수가 없다. 쇠삽을 집어넣었다가 쇠삽이 빨려 들어가면서 엉덩방아를 찧는다. 이 장면은 김용균의 동료에게 들은 인터뷰를 기초로 했다. 김용균의 사수였던, 그래봐야 몇 살 위 형인 그에게 위험한 순간이 있었는지 있었는지를 집요하게 물었는데, 쉽게 답해주지는 않았다. 회사와 각을 세우는 일이 부담스러웠을 것이다. 그는 소주를 마시며 얼굴은 모자이크 처리해달라고 했다. 그러고는 간간이 한숨을 쉬며 김용균을 생각하는 듯하다가 "삽이 확 빨려 들어간 거예요. 저는 순간적으로 놨어요. 나 죽을 수는 없으니까". 그와 밖에서 담배를 피웠다. '걔는 하나부터 열까지 FM으로 했다'라고 했다. '만약 그렇게 열심히 할 필요 없다고 말해줬다면 어땠을까. 그럼 그날 죽지 않지 않았을까'라고 생각한다고 했다.

쿵 소리가 나며 사고를 암시하는 순간, 깜짝 놀라면서
김용균을 구하려는 체험자. 마지막으로는 김용균의 생전 영상을 보게 된다.

삽이 빨려 들어가고 나서도 작업을 계속하다가, 쿵 하는 소리와 함께 블랙으로. 간접적으로 어떤 사고가 났음을 직감하도록 했다. 그리고 잠시 후, 뉴스에 인용되었던 영상을 공간에 떠올리고 생각할 시간을 주는 방법을 택했다. 영상은 정장을 입고 첫 출근을 준비하며 엄마 앞에서 이상한 춤을 추는 장면이다. 수트 입은 모습을 자랑하듯, 자식으로서 재롱을 한번 부리듯, 부끄럽고 어설프게 김용균은 한 바퀴 돈다.

처음 생각했던 상상과 스케일에 비하면 많이 축소되어 아쉬웠지만, 그래도 섬세하게 그 사람과 '만나는' 일에 집중했다. 일종의 실험이기도 했다. 이 프로젝트를 완성해준 것은 그런 스튜디오에서 자신의 시간을 쓰면서 모여준 체험자들이다. 취업 준비생, 대학교수, 주부, 배우 등 다양한 직업군의 사람들이 모여주셨고, 이들은 체험 후 HMD를 벗으며 눈시울을 붉혔다. 한참 동안 생각에 잠겨 있거나, 쉽게 말을 걸지 못할 정도로 깊이 몰입한 분도 있었다. 현재의 마음을 이야기해달라고 조심스럽게 요청하자 사람들은 "그냥 기사로만 봤을 때는 '또 이런 일이 일어났구나'라고만 생각하고 자세히 몰랐던 게 미안하다"라고 말했다. 한 건장한 청년은 "얼마나 외로웠을까, 얼마나 무서웠을까…" 하면서 말을 잇지 못했다.

우리가 어설프게 준비한 VR 저널리즘을 편견과 냉소적인 태도 없이 경험해주신 분들께 감사하다. 체험자들은 체험 후 스튜디오에서 한참이나 자신만의 생각에 빠져 쉽게 말을 꺼내지 못했다. 그 시간은 〈너를 만났다〉를 하면서 처음에 나연엄마가 보여준 사랑의 형태만큼이나 정말 오랜만에 보는 값진 감정의 실체였다. 바로 이런 게 아니었을까? 우리는 타인의 삶과 아픔에 대해 잠시라도 깊이 생각해본 적이 얼마나 있을까.

취업 준비생이던 한 여성은, 김용균의 휴대폰 속 이미지들이 자기 휴대폰과 별반 다를 게 없다고 했다. 가고 싶은 회사들, 열심히 해서 취업에 성공하고 싶다고 쓴 메모들과 노력의 흔적을 보고 '그냥 나와 똑같은 내 친구'라고 느꼈다고 했다. 그렇게 말하는 눈에는 눈물이 그렁그렁했다. "만약 그때로 돌아가 친구가 된다면… 뭐라고 해주고 싶어요?"라고 묻자, 한참 생각하다가 대답했다. "그냥 그만두라고 말해주고 싶어요"

프로그램은 생각한 것의 50%도 구현하지 못했지만, 깊이 공감해준 체험자들 덕분에 후회는 없다. 크리스마스쯤에는 편집하다가 또 국회 앞에서 텐트를 치고 단식 투쟁하는 어머니와 함께 시간을 보냈다. 많이 친해진 어머니, 밤에 국회 앞을 지나다니는 의원들에게 인사하고 부탁하던 어머니. 우리는 어머니와 아들 이야기를 거의 아줌마들 수다 수준으로 하곤 했다. 용균이는 피부에 너무 신경을 많이 써서 그냥 만지면 화를 냈다면서, 이렇게 손등으로 만져야 만지게 해줬다면서, 농성 와중에도 가끔 웃었다.

우리가 재현한 불합리한 노동 현장인 그 발전소는 사회적 의미를 위해 만들어진 디지털 트윈이라고 할 수 있다. 그렇다면 메타버스는 이런 공통의 기억, 공통의 의제를 위한 가능성을 가진 걸까? 결국 역사란 것도 공통의 기억이고, 한 사회의 공통된 기억을 어떻게 판단하고 다루느냐가 사회의 나아갈 방향을 결정하지 않는가. 아무것도 강요하지 않으면서 우리가 공통으로 경험해볼 수 있는 기억이 얼마나 많을까. 지금 이 순간에도 너무 많은 매체에서 너무 많은 기사가 쏟아지고 있다. 그리고 언론 지형, 이 사회의 구성원들의 의견 모두 정확히 반반으로 나뉘어 서로를 혐오한 지 오래다. 각자의 논리만 있을 뿐, 타인의 이야기가 들릴 공간이 없어 보인다.

교양 PD들은 오랫동안 사회의 가장 부패한 부분을 찔러서 고발하는 저널리즘 프로그램을 하며 살아왔다. 그러면서 고난을 겪기도 하고, 보람을 얻기도 했다. 내가 언급하기도 어려울 만큼 그 길에서 훌륭한 프로그램을 만든 선배들이 많다. 다만, 권력자의 부패를 고발하는 것만으로 과연 좋은 사회가 될까 싶다. 그건 그것대로 훌륭한 일이지만, 누가 좋은 공격을 하느냐에 집중하다 보니 공감하는 일도 저널리즘의 역할이라는 것을 잊은 것 같다. 앞으로 메타버스를 통한 새로운 시도들, 특히 이렇게 다수가 참여할 수 있는 소셜 프로젝트들이 더 생겼으면 한다. 방송은 한 번 말하고 말지만, 어떤 프로젝트는 플랫폼 안에서 꾸준한 생명력을 얻을 수도 있을 것이다. 예를 들어, 기후 변화 문제, 혐오 문제, 난민과 소수자 문제, 격차 사회 문제 등을 게임의 형태의 프로젝트로 만든다면, 공감을 위한 저널리즘에 다가갈 수 있을 것이다. 개인적으로는 풀코드를 추가한 '용균이를 만났다' 업그레이드 버전으로 국회에서, 청와대에서, 지역 곳곳에서 VIP와 평범한 사람들을 만나고 싶다.

이 프로그램으로 민주언론시민연합 이달의 좋은 보도상과 프리 이탈리아의 스페셜 멘션 상을 받았다. 프리 이탈리아는 매우 영광이었다. 대상이 아니라, 스페셜 멘션 상이니 우리 식으로 따지면 특별 입선 정도 되겠지만, 수년에 걸쳐서 찍은 다큐멘터리 수십 편을 심사하는 훌륭한 감독들이 봐준 것만으로도 감사하다. 건너서 들은 바로는, 퀄리티는 탁월하지 않지만 신선하고 새로운 스타일의 가능성을 높이 평가해주었다고 한다. '나와 다른 너를 이해하는 것'이라는 시대의 화두를 격려한 거라 생각한다.

개인적으로는 고통스러운 지점이 많았으나, 그래도 스물넷의 김용균에게 해줄 말이 있다는 생각이 든다. 중대재해기업처벌법이 통과되고 나서 주저앉아 울던 어머니가 기억난다. 조금이라도 아픔이 덜해지셨기를 바란다.

방송 후 여기저기에서 오래 일한 교양 PD들의 전화가 왔다. 공교롭게도, 그야말로 올드보이 분들이다. 이분들의 취향이었던 걸까? 올드보이들은 아직도 다큐멘터리를 좋아하고, 화두를 던지는 걸 보면 격려한다. 아주 오래전의 MBC 다큐멘터리 부서의 분위기가 이랬을 것 같다. 지금은 기억도 잘 나지 않는, 오래전 MBC의 좋은 정신들. 시청률은 이전 작보다 좋지는 않았다. 이런 이유로 비난도 받았다. 아무리 말해도 아무것도 느끼지 못 한 사람이 있음을 분명히 알 수 있었다. 그러나 관객을 비난할 수는 없다. 아마도 사회적 의미와 시청률을 동시에 성취했어야 하리라.

사실 이 프로젝트를 하면서 개인적인 목표도 있었다. 페이스북에 신나게 왕년의 투쟁을 올리면서 자기들끼리 정의로움을 확인하는 세대의 사람들을 바꿔보고 싶었다. 자기가 겪은 아픔에는 쉽게 눈물 흘리면서 현재 젊은이들의 아픔에는 공감하지 못하는 사람들, 항상 상대편만 제거하면 천국이 온다고 생각하는 사람들. 처음부터 그런 사람들의 마음을 움직이는 게 기획 의도였으니, 반성했다. 대중적인 접점이 조금 더 있었으면 어땠을까 싶다.

쉬면서 드라마 〈괴물〉을 보며, 내레이션으로 여진구 배우를 쓰면 어떻겠느냐는 말이 나왔을 때 섭외해볼 걸 싶었다. 여진구 배우는 부모 세대의 부조리를 보고 순수하게 분노하는 캐릭터가 잘 어울렸다. 그가 이 프로젝트를 체험해보았으면 좋았을 텐데. 연락이라도 해보지 않은 것을 땅을 치고 후회했다. 다음에 어떤 식으로든, 여진구 배우를 한 번 만났으면…

'공감'이라는 목표에는 도달한 면도, 도달하지 못한 면도 있다. 사람들은 타인의 상황을 이해하려 하지 않는다. 그러나 또 HMD를 벗을 때 사람들이 보여준 표정은 희망을 품게 했다. 다시 시작해야 한다고 생각했다. 나에게 도움이 되는지 안 되는지로 남을 판단하는 사람, 감수성이 닫힌 사람에게 어떻게 이야기를 건넬 것인가? 어떻게 내 이야기로 생각할 수 있게 만들 것인가? 반대로 보자면, 어떤 이야기를 던지는 것만으로 만족한다면 그것도 닫힌 것이 아닌가?

유재석 씨가 나오는 〈런닝맨〉이나 〈놀면 뭐하니〉 같은 게임 혹은 프로젝트 예능의 형태로, 이런 프로그램을 할 수 있을까? 가상 현실 속에서 미션을 수행하고 보물찾기를 하다가 타인의 마음에 공감하게 되는 그런 체험이 가능할까? 시청률 10%가 가능한… 여전히 그런 꿈을 꾼다.

12 시즌3
엄마의 꽃밭 。

　　〈너를 만났다〉는 시즌제로 계속 이어졌다. 2019년에 발상을 시작해서 2020년 2월, 2021년 1월까지 세 사람의 이야기, 다섯 편의 다큐멘터리로 방송했다. 〈너를 만났다〉도 이제 많은 사람이 아는 고유 명사가 되었다. 신임 본부장은 좋은 기획을 이어가고 싶고, 편집이 달랐으면 하고, 새로운 PD가 해봤으면 좋겠다고 했다. 흔쾌히 동의했다. 세팅 정도에만 참여하고, 다른 PD가 이야기를 이어 나가도록 했다. 〈휴먼다큐 사랑〉 시리즈의 이모현 PD가 이 어려운 작업을 맡게 되었다. 그 이야기를 여기에 싣는다.

　　이번 시즌의 주인공 하나 씨를 만났다. 이번 이야기는 이전에 만난 가족의 이야기와는 다른, 하늘에 있는 엄마를 만나는 이야기이다. 한 엄마와 딸의 이야기이기도 하다.

　　결혼해서 행복한 일상을 살고 있는 한 여자가 있다. 그런데 자꾸 엄마 생각이 난다. "저녁에 전화하면 '오늘 마당에 무슨 꽃이 폈는데 너무 예쁘더라. 오늘은 노란색 꽃이 폈어, 빨간색 꽃이 폈어' 그런 얘기 하시는 거예요. 엄마의 유일한 취미?"

　　위암으로 돌아가신 엄마 유인애 씨(2019년 사망 당시 65세)는 그 연령

대의 가장 보통의 한국 엄마였다. 평생 가족을 위해 헌신하느라 자신을 돌보지 못하고, 세 남매에 시부모님까지 모시고 살았다. 자신을 위해서는 돈 한 푼을 안 쓰고, 헌 옷을 입고, 콩나물값과 두부값 백 원을 아끼기 위해 먼 시장을 마다하지 않고 다니며 악착같이 살았다. 또, 세 남매 교육에는 최선을 다했다. 그러고 이제 자식들이 훌륭하게 자라 자리를 잡고, 고생이 끝나려나 싶었는데… 엄마가 등이 아프다고 했다. 손주를 업어 키우느라 그렇다며 대수롭지 않게 여겼는데 병원을 찾았을 때는 이미 뼈까지 암이 전이된 상태였다. 그로부터 1년 후 엄마가 떠났다. 자신을 돌보지 않은 채, 늘 그 자리에 계셨던 엄마는 항상 딸에게 이야기했다고 한다. "엄마처럼 살지 말고 꼭 네 이름으로 살아". 간호사 자격증이 있었지만, 가족들을 돌보면서 자신의 이름으로 살지 못한 엄마에 대한 그리움과 미안함이 해가 갈수록 더해진다고 했다.

2021년 여름. 〈너를 만났다〉 제작진은 세 번째 이야기를 준비하면서 하나 씨와 엄마가 어디에서 어떻게 만나야 가족 모두에게 행복한 기억으로 남을지를 고민했다. 시집와서 40년을, 이사 한 번 하지 않고 내내 살았던 인천의 이층집. 그중에서도 엄마가 좋아하던 곳은 마당의 꽃밭이었다. 봄이면 장미와 샐비어가 만발하던 꽃밭. 매년 5월이면, 하나 씨 가족은 엄마가 정성스레 가꾸던 꽃밭을 배경으로 사진을 찍었다. 그런데 엄마가 떠나시자 돌보는 사람 없는 꽃밭이 망가지기 시작했다. 당연히 그곳에서 사진을 찍을 일도 없었고, 가족들은 서로 서먹서먹해지기 시작했다. 모두를 돌봐주던 엄마로 인해 가족이 함께할 수 있었음을 이제야 알았다.

샐비어가 핀 꽃밭 앞에서 어린 하나 씨를 안고 있는 사진을 보며 샐비어를 제작했다.

〈너를 만났다〉 제작진은 VR 공간에 엄마의 꽃밭을 만들고, 그곳에서 엄마와의 소소하지만 소중했던 일상을 체험하도록 구성했다. 할아버지가 만들어주신 그네가 삐걱거리고, 세 아이가 키우던 강아지 '나나'가 뛰놀고, 장독대 아래로 엄마가 빨아놓은 이불이 널려 있는 옛집 그곳에, 엄마가 그때처럼 꽃밭을 돌보고 있는 모습이다.

그리고 이번에는 한 발짝 더 나아간 시도를 했다. 앨범 속 젊은 날의 엄마 유인애 씨와 딸 하나 씨가 자매처럼 닮은 모습에 착안해, VR 공간에서 젊은 엄마를 만나게 한 것이다. 희생으로 식구들을 돌본 나이 든 엄마와 꿈 많던 시절의 젊은 엄마. 두 명의 버츄얼 휴먼을 시도했다. 그리고 시간 여행자가 젊은 시절의 부모님을 마주하듯, 젊었던 엄마를 그곳에서 다시 만나는 시퀀스를 이어서 준비하기로 했다. 버츄얼 휴먼의 제작 기간이 두 배로 늘어나는 일이었지만, 적어도 가상 현실의 새로운 가능성을 한 번 더 보여줄 수 있어야 한다고 판단했다. 하나 씨가 느끼는 그리움과 미안함의 실체와 통하는 이야기이기도 했다.

가족을 위해 자신을 내려놓고 희생하지 않았다면, 그때의 꿈 많던 엄마는 '자기 자신으로' 살 수 있었을까? 마당에서 엄마에게 할 말을 토하던 하나 씨는 잠시 후 지금의 자신보다 더 젊은 엄마, 친구 같고 자매 같

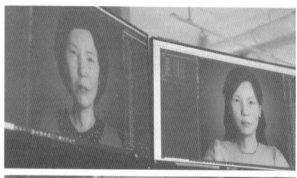

마지막 해의 엄마와 젊은 시절의 엄마, 두 명의 버추얼 휴먼을 만들었다.
하나 씨가 엄마의 얼굴을 만지고 있다.

은 엄마를 만났다.

제작진은 하나 씨가 젊은 시절의 엄마를 낯설어할까 봐 우려했다. 그러나 하나 씨는 곱고 예쁜 엄마를 보며 엄마의 희생을 더욱 절절하게 느끼는 것 같았다. 하나 씨는 두 엄마를 만나서 자그마치 40분간, 폭풍처럼 가슴속에 쌓아 둔 말들을 쏟아냈고, 현장에 있던 모든 제작진을 울렸다. 꿈 같은 엄마와의 만남이 끝나고 가족들은 꽃밭에서 오랜만에 가족사진을 찍었다. 하늘로 간 엄마도 함께였다. 매년 꽃이 피면 사진을 찍듯이.

엄마와 함께 찍은 가족사진

"네 눈으로 보라"
VR의 현재와 미래 。

기획이란 참 좋은 것이다. 기획안을 품고 어떤 일이 벌어질지 기대하는 시간이 행복했다. 이후 실제로 결과물을 만들 때는 고난의 행군이었지만… 〈너를 만났다〉를 통해서 모든 창작자의 기쁨인 만드는 일의 행복을 느꼈다. 머릿속의 생각을 어떻게든 현실화하다 보니 평범한 사람도 괜찮은 걸 만들 수 있다는 것을 알았다. 그리고 이런 일이 매번 반복되면 좋겠지만, 그렇지 않아도 괜찮다. 방송 후 지구의 수많은 사람과 연결된 느낌을 받았기 때문이다. 그 순간을 생각하면 앞으로 어떤 콘텐츠를 하든 감사한 마음으로 할 수 있을 것 같다.

조직폭력배, 빌런, 죽음, 갈등으로 끝나는 이야기는 어렵지 않다. 어려운 건 그다음이다. '그럼에도 불구하고' 혹은 '어떻게든' 불행한 일 이후에도 살아야 하는 힘들고 아름다운 이야기를 표현하는 것. 게다가 이 전달하려는 좋은 이야기가 대중의 선택까지 받으려면 더 많은 고민이 필요하다.

교양 PD라는 직업에 관해 고민하는 시간이 점점 많아진다. "인생 뭐 있어"라는 말에 포위되어 사는 느낌이다. 처음에는 교양 PD가 '인생에 뭐가 있음'을 말하는 직업인 줄 알았는데, 갈수록 이런 기획 의도가 비웃음의 대상이 되는 것 같다. MBC가 공영 방송으로서 유지해온 다큐멘터리들도 장사가 안되므로 사라질 예정이다. 어쩔 수 없다.

재미있게 만들어야 하는 건 당연한데, 문제는 '할 만한 이야기'라는 개념 자체가 사라진 것이다. 누구도 하고 싶은 이야기를 꺼내지 않는다. 코너에 몰렸다. 최근 박찬욱 감독의 〈헤어질 결심〉을 보고 충격을 받았다. 나이 든 거장의 새로운 시도가 돋보였기 때문이다. 멜로든 스릴러든 거의 모든 영화에서 악인에 대한 묘사가 과해지는 반면, 그의 영화에는 착하고 좋은 무언가가 들어 있었다. 진짜 세상처럼 이상하지만 아름다웠고, 더 잘살고 싶어지기까지 했다. 다큐멘터리든 픽션이든 모두 그런 거 아닐까. 보고 나서 더 잘살고 싶어지게 만드는 것, 더 아름다운 인생을 살 수 있다는 꿈꾸게 하는 것. 그럴 수 있다면 좋지 않을까?

〈너를 만났다〉를 본 해외 네티즌의 극단적인 선택에 관한 고백 글을 보았다. 불안한 환경과 정신적인 문제로 극단적인 시도를 한 적이 있는데, 〈너를 만났다〉를 보고 마음을 바꿨다는 이야기였다. 남은 가족이 견뎌야 할 아픔을 느꼈고, 절대로 그런 마음을 갖지 않겠다고 했다. 눈을 감고 그가 어떤 사람일지 상상해보았다. 타투를 하고 눈빛이 불안한 그가 짧은 방송을 보는 장면이 그려진다. '사람 사는 건 다 똑같구나. 많은 일을 겪고, 힘들고, 지치고, 다 끝내고 싶기도 하고… 그러다가 가족을 생각하는구나' 생각했다.

그 네티즌의 고백이 진실이라면 기적 같은 일이다. 우리 방송을 보고 그런 감정을 가진 거라면, 그건 그런 스튜디오에서 우리의 체험자들이 보여준 사랑의 힘 덕분일 것이다. 민망하지만 '사랑의 힘'이 맞는 것 같다. 그런 이야기를 담는데 VR이라는 도구가 쓰였다. 펜과 카메라, 붓과 필름이 그간 아름다운 이야기를 담아왔듯이 이번에는 VR이 쓰인 것이다.

가상 현실은 이제 시작일 뿐이다. 영화 산업이 발전한 것을 보면, 앞으로 가상 현실이 어떤 복잡한 이야기를 담을 수 있을지 예측할 수가 없다. 그러나 메타버스의 산업적 발전은 테크 기업과 스타트업이 할 일이고, 나 같은 방송국 PD는 평범한 사람들의 이야기 즉, 현실 속에서의 감정과 관계를 메타버스 안에 어떻게 담을 지를 생각하는 게 나을 것 같다. 그러면 사소한 장면이라도 더 보탤 가능성이 있다. ·

지금의 가상 세계는 현실 세계보다 훨씬 매끄러운 그래픽 세계다. 또한, 엔터테인먼트에 치중해 있어서 발랄하고 알록달록한 느낌의 콘텐츠 위주다. 현실과 대비되는 팬시한 매력이 있지만, 그 첫인상에서 끝내는 건 아쉽다. 그러면 메타버스도 떴다가 미지근해지는 기술 테마가 될 수도 있다. 높은 몰입감을 가진 새로운 매체를 신기한 장난감처럼 쓸 수만은 없지 않은가.

많은 사람이 특이점을 말한다. AI가 죽음을 이해하고 두려워할 정도로 사람의 인격에 가까워졌다는 소식도 들린다. 또 시즌1, 2, 3을 통해 세명의 이야기를 다루는 동안, 3D VFX 기술도 급속히 발전했다. 언리얼 엔진의 개발사 에픽게임즈가 공개한 '메타휴먼 크리에이터'라는 툴의 데모 버전을 보면, 매우 정교한 실사 기반의 버츄얼 휴먼이 나오는 건 시간문

제일 것 같다.

블랙핑크의 메타버스 콘서트에 500만 명이 예약했다는 소식이 들리고, 메타버스와 NFT에 관한 기사가 하루에 수십 개씩 나온다. 모두 2025년에는 메타버스로 디지털 트랜스포메이션이 이루어질 거라고 하니, 기대되기도 하고 불안하기도 하다. 아마도 우리는 이런 뉴스를 팔로우하다가 지칠지도 모르겠다.

다시 한번, 선을 넘는 일에 대해 생각한다. 이쪽과 저쪽, 가상 세계와 현실 세계에 대해 깊이 생각한 시간이 쓸모없지 않았다. 〈너를 만났다〉를 시작할 수 있었던 건 잘 몰랐기 때문이다. '이런 거 할 수 있을까?'라는 두근거림은 있었지만, 그 분야에 대해 잘 알지 못했다. 그래서 천진난만했다. 〈왕좌의 게임〉에서 검술 선생님이 말씀하시던 "네 눈으로 보라"가 맞다. HMD를 쓰고 아무 편견 없이 그 세상에 들어가는 이들을 관찰했다. 조심스럽게 탐색을 하고, 미소를 짓기도 하는 그 표정들을 보며 시작할 힘을 얻었던 것 같다. 죽음이라는 선을 살짝 넘어가 보는 일을 상상할 수 있었다.

윤리에 대해, 가능성에 대해 앞으로 많은 토론과 시도가 있을 것이다. 그러나 언제나 선 너머를 바라보는 것은 선 안쪽을 바라보는 일로 돌아오게 되어 있다. 메타버스도 결국은 사람의 이야기이지 않을까. 우리가 사는 현실을 자세히 들여다보고 표현하는 모든 사람이 그곳에서 더 아름다운 것들을 발견할 것이다.

로맹 가리의 《자기 앞의 생》이란 아름다운 소설이 있다. 나는 조경란 작가가 쓴 이 책의 추천사를 매우 좋아한다. 방송을 하는 이유에 대해 생각하게 하는 말이라서 일부 인용해본다.

> '자기 앞의 생'을 덮고 나자, 문득 진심을 다해 누군가의 이름을 크게 불러보고 싶어졌다. 내가 이렇게 그를 부르고 싶은 것은, 그를 사랑하고 그의 이름을 아는 사람이 아직 있다는 것과 그에게 그런 이름이 있다는 것을 상기시켜주기 위해서이다. 그리고 또 문득 누군가 아주 큰 목소리로 내 이름을 불러주었으면 좋겠다.

누군가의 이름을 크게 불러보고 싶어지는, 그런 방송을 하고 싶었다. 하얀 도화지처럼, 창작자에게 메타버스는 새로운 놀이터다. 아주 작은 것부터 할 수 있지 않을까? 아직은 좋은 이야기를 할 수 있어서, 〈너를 만났다〉를 만들면서 좋았다.